像蝴蝶一樣款款飛走以後

廖玉蕙——著
蔡全茂——圖

輯二　穿街過巷

輯三 開出美麗的花來

輯四 魔幻時光

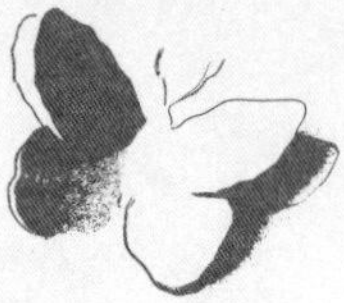

輯五 天，很藍

【自序】

打破那些年的沉默

約莫七年前，我開始應邀去東吳大學上一堂名為「作家與佳作」的課。每學期由向陽、劉克襄、駱以軍、廖輝英和我分別講授現代詩、報導文學、小說及散文，一學期每人各教三星期。上學期在校本部，下學期在城區部。

每年到城區部上課時，我總是格外激動。上課的教室是如今的「崇基樓」七樓的實習法庭，崇基樓算是東吳城區部最早的建築。這間教室的方位對我而言意義非凡。我第一次去授課時，簡直驚訝得目瞪口呆，因為我站著上課的位置正是四十餘年前我大學畢業回到東吳擔任夜間部中文系助教時的辦公室。

當時，中文系辦公室和法學院法律系辦公室比鄰而居，記得法律系的助教叫「林世宗」，依我當時的印象，是個非常用功的人，除了例行選課或雜務外的時間，他都伏案認真讀書，毫無聲響，據說後來成為東吳法律系非常受人敬重的法學教授。

我常想著，或許當年一牆之隔的他也正觀察著我，也以為我是個跟他一樣用功的人，但其實我不是。當時我心亂如麻，白天在《幼獅文藝》擔任編輯工作，夜裡就待在這個寂靜的斗室看書、做雜事、想心事或發呆。當時，我的辦公桌和椅子就落在如今我正站著授課的地方，真是太奇巧了。

當時，我的居處就在「崇基樓」樓邊的女子宿舍內（如今已成平面停車場），走兩步路就到辦公室。室內有冷氣、有安靜的空間，沒什麼重要的事。頂多每星期有一晚，系主任會來上課，順便坐著跟我聊一下，交代些雜務；偶有來兼課的老師過來打個招呼，說一會兒話。大部分的時間，我都是獨處。

說來也巧，前兩天整理書櫥，找到一堆陳年信件，我隨機抽出幾張來看，竟然看到有一張畢業那年系主任徐可熛教授寫給我的信，信上說：「昨承枉過，值大雨，匆匆立談數語。刻已檢閱報章留學考試榜示中，確載有林聰明。但本系之助教，並未參加考試，想是同名同姓。本省人好以聰明兩字命名，而林姓又為本省之大族，故屬純巧合也。」寥寥數語，畫面感十足，立刻勾引起我的記憶。

那年春天，心急的母親曾拜託一位居政壇高位的遠房親戚，幫我在故鄉的中學謀了個教職，事成之後，母親還特地送去兩套西裝料酬謝。但我是矢志不回故鄉的，我跟母親婉辭，並誓言在臺北闖出比當中學老師更好的前途給她看。

為了這個讓母親尷尬難堪的決定，我在臺北想盡辦法開拓就業市場。畢業前，我已在《幼獅文藝》打工，畢業後轉為專任。但擔任編輯實非我的第一志願，我還是希望能夠進到學院，設法再行進修；後來，系上一位疼愛我的教授偷偷告訴我，系裡的一位助教考上公費留學，可能需要增聘一名助教，讓我把握機會，提前去跟主任爭取。

那日，我顧不得大雨傾盆，鼓起勇氣，趕去主任家，按鈴求見。因為渾身濕透，我沒敢應命進門，就站在主任家門口和他報告此事，強烈表達想留任助教的意願，請主任成全。徐主任嚇了一跳，說他並不知有這回事，要再問問當事人。當然，後來證實被謠傳的助教並沒去投考公費留學，此事也就不了了之。

誰知，事過境遷。一年後，在城區部已開辦三年的中文系夜間部，因學生人數逐年增加，需要一位兼任助教打理系務。我的運氣不錯，得《幼獅文藝》主編的首肯，每日得以準時下班；晚間，便順利回校兼任。從那時起，我篤定棲身北部，善盡每一分、每一秒的時間，認真賺錢，常常身兼數職，一二十年內從不獨沽一「位」，即使專任教職，也分身有術地到處兼課。

我持續增加寄回給母親的生活費，用金錢向母親履踐我當年的承諾。但是，早先當助教的那段時間，我過得並不開心，對未來沒有任何的憧憬，情感上陷入空前的低潮，步伐總是匆匆，神情一逕嚴肅，彷彿總被數不清的煩惱纏繞，我一天比一天清瘦，但好強的我，總不肯輕易向人透露內心的慌張！

這樣一個初始只為一點茫昧的未來寄居北臺灣，想盡辦法用金錢取悅父母的女子，沒多久就被失落的感情打擊得毫無鬥志，只敢躲進那一方斗室。誰知，其後這位一逕低頭走路、沉默不語的助教，一路磕磕絆絆地前進，終也一一度過人生的諸多難關，找到生命最終的寄託，不但晉身傳授文學的教師，還成為勤於筆耕的文字工作者。如今，總算安穩地進入耳順之年，覺得人生還算愜意；雖然塵滿面、鬢如霜，幸而沒有淚千行。

然而，是什麼奇特的緣分，讓我在四十年後又重回這曾寂寞獨坐的空間，打破那些年的沉默和憂傷，開始侃侃而談？這本書記錄的，就是這一路和命運拚搏的歷程和在其間所見的繁花盛景，有淚水、有歡笑，還有數不盡的煩惱。很難來為這樣一本書再多說些什麼了，它寫的既是時間的運行，也是空間的流連；除了懇摯的自剖外，也希望準確刻畫旁觀的視角。當生命像蝴蝶般款款翩飛後，且讓我用文字來敘說一路的翩躚。

輯一——旋轉的地球儀

操場上旋轉的地球儀

二二八事件發生後的第三年，我出生在臺中潭子鄉的偏僻角落，趕上了三年級的最後一班車。

上小學之前，我白日坐看稻浪間蜿蜒徐行的臺糖小火車；黃昏慣常在門檻上守著夕陽啜泣，為炊煙裊裊傷神、為歸燕南飛落淚，常招母親煩心鞭打。上學後，交不到知心朋友，巴巴羨慕別人勾肩搭背，自己一逕踽踽獨行，我的童年真的好寂寞——低頭猛看瓊瑤小說，抬頭嚮往操場鐵製地球儀上歡笑旋轉的同學們。下課的幾分鐘裡，他們笑著、裙襬飛著，陽光下看起來好快樂；而才剛轉學過去的我，曾在地球儀漸緩移動的片刻，熱切飛奔向前，握住鐵桿，試圖參予，卻遭踞坐上方的領頭同學無情排擠：「我們走，讓她自己玩。」小朋友群起離開，只剩我一人緊握鐵桿愣立，手心傳出鏽蝕的汗味。一直到其後的數十年間，那架地球儀都在我的夢裡繞啊、繞的。

當時，我們已搬遷到前臨縱貫公路、後傍縱貫鐵路的中山路旁，險巇皆因地勢及交通肇禍。不是有人蓄意臥軌，就是不小心在大轉彎的地方慘遭橫禍，夏日裡，沿路的鳳凰木燒灼到天邊，七月半，祭祀亡魂的白米上全被血色的落花妝點，死別的陰影漫漫，逐漸成為尋常。

高年級後，我才逐漸注意到，縱貫公路上不時有位婦人衣著披披掛掛的沿路指天畫地。母親說：「這位太太是恁老爸同事的阿姨，伊的翁婿，予人捉去南洋做軍伕，毋知生死，一直無轉來，所以，後來煞起痟。」母親說這話時，面容悲憫、語帶哽咽，引我無比傷感、憐惜：沒想到，戰爭離我如此遠，卻和她靠得那樣近。其後的某一天，在父親上班的鄉公所和這婦人近距離照面，更驚怖於她眼神的迷離、渙散，似乎永遠無法再聚焦了。

隔不了多久的一個黃昏，我放學回家，在簡陋的浴室內洗澡，竟聽到母親向下班回來的父親說：「你要小可仔注意玉蕙咧，這个囡仔最近奇奇怪怪，一有閒，就去後壁行鐵路，佮佇頭前公路頂行來行去的痟仔共款。」我當場愣住，回想起自己那些日子來莫名所以的執著於屋後走鐵軌的行徑，用手將牆上被熱氣蒸騰得霧茫茫的鏡面猛地一抹，竟出現一雙凹陷茫然的眼，和那位瘋狂的婦人沒有兩樣。我不禁倚牆嗚咽，好怕自己真的也瘋了。

雖然驚惶，日子依然如常過去。沒多久，總算有難得的好消息傳來——我最喜愛的鄰居大哥哥，考上了臺灣大學，鞭炮聲盈耳，炸開了喜地歡天。大哥哥的父親早逝，端賴病弱的母親和年邁的阿公教養成人，在上榜的榮耀輝映下，他母親蒼白的容顏逐漸轉為紅潤，婉約的笑容裡盡是苦盡甘來的欣喜。當左鄰右舍正沉浸在與有榮焉的氛圍中，大哥哥竟無預警從成功嶺集訓中被抬回，成為一具冰冷的屍體，光彩的臺大夢換回一口薄木棺。消息震驚全村，那位可憐的母親原本就羸弱，禁不住這重重打擊，情緒瞬間潰堤，從此日夜沿街號哭奔走，暗夜中尤其啼聲分明，聞者無不沾襟；而失去孫子的阿公也一夕枯瘠，心如死灰。我才豁然知曉，死亡原不止於慘死輪下的陌生人，它節節進逼，赫然已兵臨熟稔的厝邊。繁華瞬歸寂靜蒼涼，人生原來好比一夢。

升上中學後，黃梅調的《梁祝》風靡全臺灣，凌波熱席捲大街小巷和大、中、小學校園。我受困在數學的分解因式裡，感覺地老天荒，〈樓臺會〉和〈哭墳〉的哀哀切切正和我當時的苦悶鬱卒合了節拍，在兄姊上班、父母外出的時刻，我的重頭戲是，反穿母親外套，頭戴從喪家取回的白布條，面對客廳大鏡忘情甩袖痛哭，模擬戲裡的生離和死別，哭盡內心無盡的荒蕪，彷彿這樣唱著、哭著，運動場上的旋轉地球儀就會願意暫停下來，允許我如蝶般飛進參與。

死亡陰影緊盯附近的藍天，原本籍籍無名的潭子，在次年（一九六四）六月二十日登上了報紙頭條：一架編號 B-908 的 C-46 運輸機從臺中起飛後不久，從高空上墜落到距離我家不到一千公尺的稻田上，機上五十七人全數罹難。那時，我正為高中聯考糾纏，昏天暗地度日，那起空難像一齣荒謬劇，屍橫遍野的失事地點，竟在一夜之間成為熱門觀光景點。遊覽車連綿不斷，遊客扶老攜幼，絡繹於途，潭子之名因之大噪；我則被驚嚇得失神落魄，因為聽說了竹枝上掛著腐肉，田中躺臥的一截手臂上的戒指，兀自在指上閃爍著光。

接著是暑假過後的開學日，學校像蒸鍋內的滾水，密閉卻明顯熱氣蒸騰。不知從何而來也不知是否屬實的耳語，似有若無地迤邐開來，說是鄰班同學的父母、也是校內夫妻檔老師出了大事。女老師大義滅親，將丈夫給檢舉了，罪名是「匪諜」，男老師聽說被槍斃了。

那年代，保密防諜是耳熟能詳的標語，我們不停地在演講、作文中，反覆申論「小心，匪諜就在你身邊」之不足，還在壁報裡，畫出深色太陽眼鏡都遮掩不住的猙獰面孔。其實演講、作文、畫海報全然只是複製無心的口號，哪裡當得了真！但匪諜竟然真的就潛伏在身邊，面容意外的慈和，是我們簡單的腦袋瓜子想都想不到的。

消息是真是假，無從追問；那位鄰班同學依然認真伏案讀書，成績優秀；女老師還是若無其事在校園行走；而那位男老師，真的從此不再出現。我回家忍不住跟母親說起，母親扳起臉孔訓斥：「囡仔人有耳無喙，毋倘烏白講。」數十年來，我屢屢想到此事便毛骨悚然、悲傷悵惘，不為「匪諜」，為的是那位傳說中父親被槍斃的同學。

以為就是那樣，恐懼就只是那樣了，哪裡知道生命正以不同的樣貌示範多元的畸形。大二那年暑假，發生了一件駭人聽聞的事。加工出口區裡的一家知名相機工廠，遺失一部照相機，驚動警方展開全面搜查。不多久，聽說找到了嫌疑犯，居然是我們熟稔的阿伯，就住在家裡附近，是個老實近乎木訥的男子，簡直讓人難以置信。又過幾日，傳來更令人驚訝的消息，說是那位阿伯已俯首招認罪行。

村子裡，謠諑紛傳，有的說罪證確鑿，已再難抵賴；有的說屈打成招，無法脫身了；爸爸依然是那句老話：「囡仔人有耳無喙，毋倘烏白講。」然而，就在一個汗濕的午後，那位嫌疑犯被警察押解著，行過我家門前，往縱貫鐵道過去的小溪邊走去，我一眼瞥見他手銬下的手指彷彿還淌著血，而那張張惶驚懼的臉至今難忘。

記憶久遠，已無法確認是目睹還是聽說，總之，男子被帶到河邊的竹叢間指認贓物的藏所。他一下指叢竹下、一下指大石邊，警方挖來挖去，毫無所獲。贓物沒找著，自然難逃一再被摑掌、毆打；無功回返時，不但一臉青黑，且舉步維艱地被拖行著。

男人被折騰得不成人形，終因罪證不足且已瀕臨崩潰而被釋放。幾個月後，同一家公司又發生同樣的竊盜案件，這回人贓俱獲，小偷甚至坦承上回的竊案也是他個人所為。男人無端被誣指、毆打、行刑，最終雖證明純屬冤枉，卻也沒有任何補償或慰問，整件事，就像從沒在現實中發生的一場噩夢，所有人都在事件中噤聲。而這口氣也只能硬生生吞下，男人腳跛了、骨折了，人也跟著廢了，而人們都還只是那句「毋倘烏白講」。

後來，我才知道，死亡，還不算最壞；活著，失去自由，雖生猶死，才是人間煉獄。大學即將畢業那年，家人輾轉認識了一位認真誠懇的男子，一段時間之後，才得知他是孫立人事件的受害人，年紀輕輕投筆從戎，沒料到無端被捲入兵變的漩渦，人生從此變色。

被監禁了幾年後，他終於獲釋，但社會、人心都猶未解嚴，視他們如洪水猛獸。父母親憐惜他在臺舉目無親，便認了他當義子，讓孤身在外的他能多些照應，我們也很開心多了位純厚的兄長。他也結交了女友，但女友家人聽說了他的經歷，隨即斷了他們的往來；他應徵上許多工作，卻總是在填完員工的個人資料之後，旋即被辭退，理由千奇百怪；最後到梨山上種梨，到餐廳當經理，當然也有過拍著胸脯的老闆許他一個公道，卻都難敵監控的情治單位人員一再造訪、刁難，他只能不斷遷徙流離。我們雖然替他著急，卻也一籌莫展。

說來湊巧，當時在臺中頗負盛名的醫生——我的姨丈，起意建造並經營一家大旅館，從蓋大樓到招考人員、宣傳營運，都相當倚賴剛從公職退休的父親幫忙。有了人事裁量權的父親力排眾議，這位大哥才總算在旅館業中找到了長期落腳處，但我還是經常聽到下班的父親低聲跟母親說：「今仔日閣有人來問東問西。」這種時代悲劇似乎所在多有，但近距離觀察，才知人生真是悲涼。

如今，我父母皆已仙逝，他孤身住進老人院裡。偶爾，我們會接他回來敘敘，偶爾也攜家帶眷前去探望。看似得到若干金錢的補償，能讓他安享餘年了；但新興的詐騙集團沒有忘記他，據說，他一日晨起，赫然發現身分證上居然無端多了位配偶，想是老人院和外界的勾結，幸而他機警，才沒傾家蕩產。

前些日子，家人結伴去探訪，交談間，我發現他還是跟先前一樣，邊四下張望，邊手摀著嘴，不時壓低了聲音說話，彷彿怕說出口的話不小心被風吹出去，會帶來曾經的災難，恐懼如影隨形。一個十八歲離鄉背井的男子就這樣身不由己地被捲入高層的權力鬥爭當中，一輩子被陰影籠罩，命運還真是殘酷。

我不期然聯想起幼年時在陽光下轉動的那個金屬地球儀。像時代一樣，它轉啊轉的，看似滿載著歡笑的聲音，衣袂飄飄中，全是天真的笑語，但我該如何來詮釋那個領頭學生的酷烈，那群跟隨離開的孩童的殘忍或愚騃，還有當時多麼渴望被群體接受的自己？

——原載於二〇一六年十一月一日《聯合報．副刊》

我的代書生涯

約莫大學時期，我開始了代書生涯。負責的代書業務，雖然沒有一般代辦土地和不動產交易的法律文件申請及相關服務；但範圍更廣，細目更多，除了極少數案例，大部分都是無償的。

代書生活約莫起自大三的兼差——在雜誌社擔任編輯。除了邀稿、採訪或寫雜誌前方的總體按語等一般編輯職責之外，我開始幫主編寫信。一開始，由主編念、我來寫，後來熟悉了他的習慣語彙、行文方式及簽名式，慢慢轉為全程代書，由問候、內容到結語、簽名、信封，全套包辦。這些信並非全屬公務，私人信函也含括在內。

主編愛寫信及應對周到在文壇名聞遐邇，和他通信者無論長幼，也不管信件先發者為誰，幾乎沒人能跟他搶最後的完結篇；盛傳主編收到道謝信，往往會再去一信說：「來信收到，謝謝。」確實一點都不誇張。

當時，最難忘的一件代書工作是幫「世界博覽會」撰寫臺灣博覽館導覽影片的中文旁白。據說原撰稿幾度易人，都因稿子寫得制式、板滯而被否決，主辦者應是想倚重詩人之筆為我國博覽館增色的，沒料到主編無暇，找我代書。因時間已迫在眉睫，我搔首踟躕，依賴拿到的紙本影像內容編寫，兩天內完成。稿子送去後，居然輕鬆過關，非但過關，聽說還相當得到好評，想是拜詩人盛名之賜。那是約莫民國六十二年的事。當時，我在雜誌社打工一個月得一千元薪水，主編相當義氣，將所得酬勞五千元原封不動轉給我，好像還幫我倒貼了二十元印花稅。我欣喜若狂，趕緊再湊上些錢，為家人添購一臺懸念已久的黑白電視機，這筆酬勞意義非凡。

當時，我已畢業，在學校城區部旁，和同學及學妹們賃屋同居，還開始幫她們求職或就業寫自傳、求職信，其後遠近馳名，代書變成家常便飯。我的一位醫生世家的表姨，在相親中，為女兒相中了位前途看好的年輕醫生；但這位醫生顯然和我那位表妹不來電，一再藉口忙碌推辭邀約。表姨求婿心切，跟我媽商量：

「玉蕙敢毋是中文系畢業的，應該真會曉寫批（寫信），我想欲拜託伊鬥相共（幫忙），看會當予彼位少年郎回心轉意答應來約會無？」我們一家子老老小小長年都在表姨家免費看病，這個要求不算過分，母親沒得到我的授權，擅自一口應承。我記得至少陸續幫表妹寫了好幾封信，最終居然真的讓他們結婚了，我實實給嚇了一大跳，這種行逕無異詐騙集團。當時，我猶待字閨中，兩年後，我循著這一個情書實習的行前案例，御駕親征，成功擄獲外子。

其後，結婚生子，我進了軍校教書，代書生涯更上一層樓。每年春、秋二季，加上教師節，不管哪位校長好像都流行給海外進修的老師寫封勉勵信、給校內老師鼓舞信，給資深退休老師慰問信，用八行書印出，人手一封，我受命負責代書。節日的意義不會變，用語卻不能一成不變，若有人將幾年書信都保留下來，哪天閒來沒事攤開一看，年年相同，可不像話。所以，書信雖然是制式的八股，但寫上十多年，還得在用辭上翻新，真是椿苦差事。

除了年節慰問信，其他的校長代書工作還真不少。校史的撰寫是理所當然的工作；各式各樣的序文——學校出版物的序言、應學校教師個別出版品之邀所擬的序文；花季來了，寫封信邀請學生家長來參觀，家長來了，還要寫致詞、寫廣播辭；每年元旦、國慶還要寫大義凜然的宣言；逢有重大學術會議，我就得伏案撰寫長官講稿或手冊上的重要宣言。我簡直成了歷任校長的文膽。幫校長代書就認了，校友捐贈的花圃要命名也來找我；校長要調走了，我也得幫學生撰寫長篇的朗誦詩歌，讓他們在歡送會上朗讀；甚至，我記得有一年國防部長陳履安要來學校視察，全校師生總動員，被視察的單位援例要幫部長撰寫視察後的訓詞，我立刻搖身一變成為國防部長，替他寫了一篇諄諄訓勉的話。至於部長後來到底是照本宣科，還是另出機杼，則不得而知。類似的事，一直延續到我離開軍校多年後，還有當年的政戰部主任捧著大堆的資料來找我幫他寫回憶錄。

長官的事已經讓我忙得滿頭包，開放探親後，還有好些個士官長腼腆地來請求我幫他們寫信，有的寫給老家妻子，有的和兄弟們聯繫。中夜時分，我邊回想著他們白日在跟我講述時紅著的眼眶，邊揮淚執筆，常常痛徹肝腸。往事歷歷，著實令人難忘。

我在軍校教書的十九年，感覺自己比較更像是長官的文書幕僚或義務役小兵。前年，我參加外子的同學會，邂逅當年曾經擔任校長的將軍，他拿了酒杯過來敬酒，說了句：「你差點兒被我們軍中給埋沒了！」我一時激動得熱淚盈眶。

在學校為保飯碗，不得不奉命行事也就罷了，出了職場，依然不得閒。在家裡，我的母親還經常幫我接無給職的活兒。

「玉蕙，厝邊的阿伯死去，in 厝內的人攏毋捌字（不識字），你替 in 某佮 in 囝寫幾張仔白布條仔（輓聯）。」

「我袂曉寫輓聯啦！阮佇學校無學過。」

母親睜大了眼，不相信：「你佇中文系讀到博士，你共我講你袂會寫，這傳出去，厝邊隔壁會笑死。」

為了不被鄰居笑死，只好翻出應用文來參考切磋，苦苦琢磨。

過不了多久，媽媽又說了：「玉蕙，幾年前，咱佇阿火伯仔 in 囝結婚的禮堂拄（tú，遇）著彼个表兄過身囉，家屬想欲請你共恁表兄寫一个生平介紹狀。」

「哦，這國語叫作『行狀』啦，寫起來真麻煩，要對死者有足濟了解才寫會好，我無法度。我才見過伊一擺，是欲按怎寫！」我婉言推辭。

「準若簡單，人哪著來麻煩你，家己來就好，你這个人哪會遐爾孤獨（孤僻）。」我媽生氣了。

好了，為了不讓媽媽生氣也免讓人嫌孤僻，只好請家屬傳真來表哥的資料，我胡亂在書房發揮想像力。

幾個月後，當鄉民代表的大哥也打電話來：「玉蕙，彼个竹圍內的村長做仙去了，我欲去致辭，你替我寫一篇仔稿。」

「我無閒啦，最近無閒咧寫論文，你家己的代誌家己寫啦，我也毋捌（不認得）伊。」

「毋管啦！我共資料傳予你，我明仔載就欲愛。」大哥講完，旋即掛了電話。媽媽的電話隨後來了：「恁大兄的代誌，幫忙一下是會按怎？無彩予你讀冊讀到遮爾懸（這麼高），攏讀到尻脊骿（背脊上）去矣！家己的大兄，也毋是別人。」

我愣坐著，這是怎樣？當晚，傳真機咧咧響，為了表現手足情深，我只好又開始字斟句酌，摹擬對著一屋子哀戚的人說話。

雖然畢業了，師長也沒忘記我。一二十年前，國民黨要在光輝的十月舉行大型教師代表大會，臺北市黨部主委想顛覆陳套的致詞。我的一位大學老師熱心居中牽線，邀請我代寫一則改走溫馨路線的講辭來呼籲團結。中文系一向最重視倫理，老師都出馬了，我還能怎樣！事後，我得了些酬勞——一盒水果和一只手表，圓形表面上還印了枚國民黨黨徽。

朋友的事當然也不能坐視。辛辛苦苦印刻出來的版畫，忽然沒被徵詢就出現在某單位所發行的郵票中，國營事業單位帶頭戕害智慧財產權，是可忍，孰不可忍。這回，不待朋友開口，我主動攬事，幫他撰寫存證信函，聲明智慧財產權不容賤視。另有擔任大學校長的朋友，也不時羽電交馳，請託撰寫重要場合如畢業典禮、二二八紀念音樂會的致辭、畢業紀念冊的題句、邀請函的措詞……。

這讓我想起陸長春《香飲樓賓談》裡的一段有趣記載：

一位周先生喜歡唱戲，長年和優伶為伍，耽溺於演戲，惹得他父親好光火，即使又打又罵也勸不醒。有人問他到底演戲有什麼樂趣可言？他說：

「吾儕小人，終不能紆青紫。若串戲時，時為卿相，時為帝王，旗旌前導，從卒擁後，人以為戲，我以為真，其樂何可支也！」

我常幫人寫著、寫著，入戲太深，也時而錯覺自己當上了主編、校長，時而為主委、國防部長、畫家，時而為村長、老兵，雖然不像那位周先生那樣感受到巨大的快樂，但這多元代書，可讓我練就了一身本事。幫人寫自傳、情書、回信，或擬講稿、輓聯、行狀，或為他人作序、寄存證信函，都為自己的未來鋪了路，不但讓求職、結婚增加了成功率，也讓我練習了各種文體的書寫，讓文字更加順應眾生，也更接近生活的應用。我承認這些代書的任務，曾經或多或少都帶給我一些困擾，尤其是代書頻繁卻沒有得到等值的善待時，不免迭有煩言，也曾因此怨嘆不已，但如今想來，卻真的由衷感謝這些歷練。

如今，以為年紀大了，已無須為他人作嫁，代書生涯應可告終；誰知，峰迴路轉的，竟然開始應不識字小孫女之請，成為她的代書，她念、我寫，幫她製作卡片送給小朋友，又恢復當年主編念、我寫下的境遇，人生果真是返老還童，地球也真的是圓的，看來我的生也有涯、「代書」也毋涯。

——原載於二〇一六年九月七日《聯合報・副刊》

像蝴蝶一樣款款飛走以後

那年夏天的大學聯招，我考上遠在臺北的東吳大學；接著，又陪朋友去參加中部的夜間部聯招，上榜中興大學。家裡起了些爭執，大哥務實地說：「中興是國立，又近，花費少；念東吳除了學費貴，每個月還得多出生活費和住宿費，不如就去念中興吧！必要時還可以半工半讀。」

我是打定主意遠走高飛的，留在臺中從不在我的選項當中。大哥說話時，我低下頭，抿著嘴不回答，光想著有機會脫離母親的管轄，早就心猿意馬，我心裡熱切等待有人救援。二哥終於打破沉默：「讓她自己選吧，如果要去臺北，我來想辦法。」聽到這話，我差一點哭出來，雖然本來就有把握他會這麼說。

我偷偷看媽媽的表情，好像有點迷惘，舉棋不定。我告訴自己，這是關鍵時刻，不爭取就等於放棄。我抬起頭，低聲堅定地承諾：「我會非常用功的，一定會設法拿獎學金，不讓你們操心。」本來還想加一句：「生活費我會自己想辦法。」慶幸最終沒有說出口，事實證明我沒有那個本事！

九月開學，我整個夏日的黃昏發高燒的毛病仍沒完沒了，我卻像蝴蝶一樣款款飛走了。

在臺北，我自律甚嚴。不管是生活常規或衣食住行，都細細斟酌，一點不敢鬆懈。家境清寒，父母排除萬難，才勉強讓我北上讀書，機會來得如此艱難，可不能辜負爸媽兄姊的愛心相挺。

當時，家裡每個月寄來的生活費是三百元，相較於大部分同學的五或六百元，真的很拮据。我省吃儉用，每頓規定自己吃自助餐時，只能點一葷一素外加半碗飯，總計二點五元。菜自然不敢多點，連飯都不能多吃，鄉下人飯量大，我日日處於半飢餓狀態。在學校宿舍裡，晚飯吃得早，到了夜裡，肚子餓得慌，只能早早上床，免得飢火中燒，無法收拾。

穿著倒好解決，從家裡帶去的幾件簡單衫裙輪流搭配著換穿，只要素樸整潔，也還人模人樣。另外，為了省錢，真是錙銖必較，譬如：從外雙溪到臺北車站須轉一趟車，為了省五毛錢，都先步行一段路到士林，再搭一趟車，現在想來，還真心酸。不過相較於我的一位老師，因為連書籍費都出不起，只好手抄整本《大學國文選》教材，還被任課老師酸吝嗇，這些都不算什麼了。

我萬分清楚，即使如此儉嗇的生活費用，對父母而言都是不容易的。我體察父母的辛勞，除了節流外，也曾設法開源。當年的打工機會少，最常見的是當家教。我也曾試著看廣告去找尋，常常在面談時，獲得許多真心的笑容和讚美，但在拿出私立學校的學生證時，對方家長每每旋即轉為為難、客套，然後就無疾而終。有一回總算沒被嫌棄，但正值國中階段的學生捧出分解因式習題的剎那，我便迅速知難而退。這個困擾我多年的分解因式真是我的罩門，我聞「分解」而色變。

東吳的學生還有比別校學生多一項打工的機會，就是去中影文化城充當臨時演員。印象中，我們班的男生曾去拍古裝劇，大熱天穿著厚重的長袍和盔甲，光在城門前喊：「殺！」然後向城門衝過去，衝一次、兩次、三次……，一個鏡頭花了一整個早晨，好像領八十元，非常辛苦。女生較好些，三廳電影正盛行，只要在咖啡廳裡坐著喝咖啡、假裝聊天就行。但為了逼真，不能假喝，一次一次地喝，喝到回宿舍時，面色青筍筍的，領七十元。我面皮薄，怕被熟人在銀幕上瞧見，不敢輕易嘗試。

只有一次偷偷潛進去裡頭看拍片，正逢李翰祥導演在拍攝一部名叫《四季花開》的片子，主角甄珍、夏台鳳好像參加影展去了，他們正愁進度太慢，我和另一位同學適巧相偕闖進，導演往我們方向一指，場務隨即過來商量，希望我能權充甄珍替身，演一場洞房花燭夜的戲。我還在猶豫，已被半強迫地拉去鏡子前梳妝打扮成古裝新娘，等候上場。幸而導演龜毛求全，一場以胡錦飾演的媒婆戲，一再喊卡重來，直到我們學校宿舍即將關門，我才丟盔卸甲，放棄九十元替身費，慌慌逃走。後來聽說那部片子不知何故遭到禁演命運，跟我同行的同學當晚扮成丫鬟，媒婆說話時，她提著小花籃，就在迴廊上走了一整晚的小碎步，她的電影處女秀當然也沒能登上銀幕，幸好她領到了七十元。

既然開源於我而言有相當的困難度，相形之下，用功爭取獎學金是比較可行的策略，所以，那些年，我滿看重成績的，每年寒暑假最膽戰心驚的時刻，就是郵差送來成績單那天。

關於大學求學過程中的成績，我有兩個深刻的記憶。大一的「國學導讀」是必修課，老師是黃永武教授。他一向給分很慷慨，學長傳說：「一不小心就會得到九十分。」但大一寒假，我收到成績單時，著實嚇了一跳，竟得了一百分。開學後得知，得一百分的有兩位，都是女生，男同學鬧著說老師偏心女生，何況期末考是申論題，怎可能得一百分！黃老師講話一向緩慢，他慢條斯理回：「這兩位同學不但期末考考得好，我仔細看過繳來的上課筆記，她們的不只是記錄了我上課講解的內容，還上圖書館補充了許多材料。如果你們都得了八九十，她們倆得一百分也是理所當然。」於是，我上大學的第一年，幸不辱命地拿到獎學金。

另有一次是發生在大四郭博信教授的「人文科學概論」課上。郭教授真是個令人懷念的老師，他的課程偏重西洋戲劇的介紹，帶著我們用原文書看索福克勒斯希臘悲劇《伊底帕斯王》和易卜生的《玩偶之家》。當年，他似乎任教政大外文系，是東吳系主任徐可熛教授力邀前來授課的。他上課又認真又生動，非常受到學生的歡迎。

期中考時，除了簡答題外，他還出了四道申論題，請我們自挑三題作答。期末考時，我拿到題目，看到題型差不多，不疑有他，就埋頭作答，自認答得不錯，很快就寫完。抬頭一看，出乎意料之外的，都還沒人繳卷。我一向答題算是周到的，總是傾全力寫得充實些，很少領先群倫，經常是最後幾個才繳卷。沒料到這次居然先答完，雖有些狐疑，但也沒加細想，只再度埋頭將寫完的答案加以補充。

下課鐘響起，還有幾個用功的同學搶著做最後衝刺，捨不得把考卷往前傳。我開始納悶，有位男同學邊繳考卷、邊跟教授反應說：「老師，申論題四題太多啦，寫不完，我有一題沒寫完。」坐在前方的我嚇了一跳，驚叫：「不是只要挑三題寫？」我衝到講臺前，顧不得老師就站在前方，在繳回的題目卷中拿起一份查看，驚愕地發現沒有「四選三」的答題說明，意思是我少寫了一題申論題。

我驚慌地大叫：「啊！怎會這樣，糟糕了！」郭教授想是被驚嚇到，問我怎麼啦？我的兩行眼淚倏地滾落下來，嗚咽道：「我以為跟期中考一樣，是四題中挑三題作答，所以……所以少寫一題。」為了少寫一題，我竟然泣不成聲，悲不自抑。郭老師想是沒遇過這種場面，面對一位淚流滿面的女學生，他也慌了手腳，只不停地安慰：「沒關係！沒關係！」怎麼會沒關係！關係可大了呀，本來是十拿九穩的考試，就要敗在這一題漏寫上，因一時疏忽可能將獎學金拱手讓人，真的好傷心又好不甘心。

期末成績寄來時，我鬆了口氣。老師顯然沒有給我扣足分數，光是那題漏寫的申論題就佔了二十分，而我居然還得了八十五分。老師應該是起了惻隱之心，也可能像黃教授一樣，因為我在其他的題目上寫出了超出的詳盡。姑不論老師是否偏心，拿著成績單的我，真是感激涕零。那回，有沒有拿到獎學金，已經不記得了，但對郭教授的感恩之心卻永誌不忘。

其實，從大三的下學期起，我已經有了穩定的打工酬勞，不但無須家裡寄來生活費，還有餘裕寄錢回家。因為擔任東吳校刊的主編，被學校指派參加全國性的期刊研習會，我在無意中被網羅進了《幼獅文藝》，擔任編輯工作。一個月有一千元的打工費用，我自己留下五百元，寄回去給家裡五百元，算是逐漸脫離貧困的窘境了，可是，對分數的計較已內化成直覺的反應，很難改變。

那個難得的機會，除了為我的窮困解圍，也讓我和文壇因此結下了不解的緣分。因為打工維持生計，我一腳踏入文壇，從此終身浸淫其中，賴文學維生。

——原載於二〇一七年二月五日《自由時報・副刊》

預訂的嫁妝

白日裡，兒子帶小孫女回來，只穿一件長袖薄衫；夜裡，天氣轉冷，回去時，問我：「可有大件一點的圍巾或披風讓我們披回去？有點冷。」我立刻奔入內室，選了幾條優雅的厚圍巾遞上。小倆口在身上披來比去，不得要領，遂還了給我，說：「不用了，披起來怪怪的。」兒子走後，我心下悵然。

這時，才猛然想起母親猶然在世時，我回中部演講，在她面前打扮妥當，臨出門時，她總會追出問我：「遮爾（這麼）正式的場合，欲戴一副耳鉤？抑是掛一个 Brooch（胸針）無？」然後，從抽屜中捧出好幾盒給我挑選。早年，我總很阿莎力說不習慣穿金戴銀，不用了！有了些年紀後，我會捧過挑選，往往又原封不動還給她，實在是沒挑到合意的。如今回想起來，捧回沒被青睞的飾品盒子的母親應該是跟我如今的感受一般，萬分惆悵的吧！俗話說「養兒方知父母恩」，而我是養了好幾十年的兒女後，遇上了同樣狀況，才恍然領悟母親當年的感受，而這時母親已然謝世多年。

過了八十歲後的母親，常跟電影《在愛飛翔》裡的老祖母一般，對著浴室裡的鏡子皺眉說：「我哪會變甲遮爾老、遮爾穤（醜）。」一回，步出浴室，她轉身回房，拿出三盒子的首飾跟我說：「遮的（這些）物件，我攏用袂著（用不著）了，你若佮意（中意）就提去；若是無佮意，看是欲送予啥人去！」我聽了心酸，佯裝驚喜跟她說：「如今我也是有年歲了，出去無妝一下，會驚死人，你遮的物件若會當搭配我的服裝，安呢（這樣），我就省了（浪費）錢去買！」那天，因為我的甜言蜜語，她顯得心情不錯，如今才徹底了然兒女珍視並願意善加利用父母的收藏，會帶給他們多大的安慰。

母親留下的耳環、胸針和戒指裡，有些是我教書賺錢後送給她的，有些是她自己買的，有些是姊妹親人出國帶回來的禮物，她都視若珍寶。其中最醒目的，莫過於一只超級豪華的金色胸針，鑲滿了亮晶晶的珠子和假鑽，是我去新加坡演講過後在烏節路萊佛士酒店給她買的。

多年後回想，初始有點納悶，我為什麼會去買偌大的胸針？後來想起母親長年穿旗袍，彼時，好似有一件黑色長旗袍是她的最愛，我是特意為她一身的黑挑了如此晶亮的黃。我記起母親收到禮物時，非常高興，但我卻從不曾看她別過。如今睹物思人，才驚覺我這做女兒的實在有夠誇張，如此金光閃閃的胸針，若非大場面或嫁娶的主婚人，別上去是滿扎眼的。

母親過世後，我將那幾個來自母親餽贈的首飾盒挑挑揀揀的，淘汰了些，然後用其中的一個鐵盒子盛裝並放置抽屜裡，一遇特殊場合，常常一一取出來試戴，卻也總是一如從前，仍舊一一歸位。畢竟類似的飾品除了夾帶著點時代風尚，最關鍵的往往是個人的品味，這些飾品在這兩點上都不符合我現下的需求。

畢竟當年我為母親選購時，都是針對母親的愛憎，並非順從一般送禮者「好東西要跟好朋友分享」的慣例。我曾努力研究過她盒內的首飾跟她穿著的搭配習慣，儘管如此用心，卻仍無法盡如她意，「畢竟首飾是一種很沒規則性的神祕配件」，我如是想著。

神奇的是，孫女從小就展現跟她阿太（曾祖母）一樣對飾品的喜愛。還不會說話時，我拿出母親遺留給我的首飾盒，她便眼睛賊亮，喜孜孜直探手過來搶。會說話後，每次回來，必請我取出盒子，一一把玩其中的飾品。再大些，總仰頭要求：「阿嬤，以後我長大以後，這些東西可以送給我嗎？」

我一向不喜的晶亮首飾，如今，總算有人青睞，母親的遺物被隔代傳承了，我感覺好安慰，曾經漠視母親感受的惆悵好似也間接得到撫慰。我不禁聯想起母親臨終時圍在脖子上的那條紫色圍巾。

母親在十年前的年初三凌晨時分撒手塵寰，我被告知而匆匆抵達醫院時，母親仍躺在病床上。我俯身下去，不捨地先用臉貼住她的臉頰，感覺餘溫猶存；然後，用手輕撫她瘦弱凹陷的臉頰跟她告別，忍住不將淚水滴下。就在那一瞬間，眼睛往下瞥見環繞她脖子上的圍巾。

那條圍巾是我幾年前去日本本栖寺佛光道場旅遊時攜回給母親的禮物，寺裡的比丘尼強調，圍著這款遠紅外線圍巾，有助氣血循環、增加血流速度，蓄熱保溫，我於是買回來孝敬她老人家。她病中的時光一直圍著，沒有須臾或離，算得上是她最常用的貼身物。那刻，我悄悄將母親的頭頸稍稍抬起，輕輕把圍巾解下，順手圍在自己的脖子上。當作和母親一生扞格、綢繆的最後牽繫。

前此，母親和病魔搏鬥的那些日子，圍巾和母親日夜耳鬢廝磨，繞上我的脖間後，只要一低頭，盈鼻都是母親的味道。母親逝世於二月天，正逢寒冬，其後，我跟母親一樣，和圍巾緊緊相依，靠著味道尋索母親曾經活著的證據。不時低下頭嗅著，像獵犬追索獵物般，母親雖死猶生。幾天後，圍巾上母親的氣味漸失，終至完全絕跡。

雖然圍巾失去了母親的味道，但十年來，我依然日日思念著她。母親仙逝五年後，我喜迎小孫女，用娃娃車推著小孫女環繞居處附近，觀看自然，像當年用輪椅推著病弱的母親迎接陽光；接著，我領著長大些的孫女，像領著兒子、或牽著當年猶然健康的母親一樣，依然在那條慣走的細長小路上散步，可惜兩旁的屋宇已悉數被剷平，終非昔日光景了。但有了喜愛母親遺物的小孫女，感覺好似又跟母親多親近了些。

添了第二個孫女後，我在那條小徑上跟她們聊天、或唱歌或吹泡泡。我開始絮絮叨叨跟她們談著阿嬤的媽媽——她們的阿太，如何曾經由阿嬤推著走過這裡、那裡，在哪個角落休息，在哪棵樹下聽鳥叫、看樹果子落地，陽光如何穿透樹葉，在她們阿太的側臉上留下斑斑的葉影。

然後，有一天我們忽然談論起生死大事。孫女問阿嬤：「阿嬤，你的媽媽是阿太？那她現在在哪裡？」我說：「她到天上去了。」

「她為什麼去天上？」她天真地偏頭問。

「每個人都會長大，然後變老，接著死去。像你以後會長大變成媽媽現在一樣大，然後生小貝比；阿嬤會變得更老，接著死去，到天上去跟阿太會合。」

「那我媽媽以後也會變成跟阿嬤一樣老嗎？她會死去嗎？」她沒放過重點。

「每個人到最後都會死去啊，阿嬤會死，媽媽也會死，阿公、爸拔都會，以後就都到天上去。」

「去天上做什麼？」孫女又追問。我只好老實說：「阿嬤也不知道他們在天上做什麼，也許也是吃飯、睡覺、玩遊戲。因為阿嬤還沒去過，以後阿嬤去了，若知道了，才想辦法告訴你。」

「但是，我不喜歡去天上。」孫女有點耽心。「阿嬤跟你一樣，也不喜歡去，但是阿嬤的媽媽在那裡等阿嬤。……」我想了想，接下去說：「那麼，這樣好了，至少等到你戴上耳環、戒指，別起胸針、披上圍巾，阿嬤眼睛亮亮地看著你穿得漂漂亮亮去結婚，才去天上找我媽。……不然，回家後，你先餵我吃一顆葉黃素，把我的眼睛照顧得亮晶晶的，好不好？」

回家後，她沒忘記，高高興興拿了一顆葉黃素放進我的嘴裡，我以為已經通過生死的哲學考試，誰知孫女鍥而不舍又問：「如果阿嬤去了天上，還能跟我說話嗎？」

這問話倒提醒了我，是該跟母親說說話了。

媽，您留下的那些首飾，都成為您曾孫女的最愛，她早早預訂了去當長大後的嫁妝了；至於您最愛的那條紫色圍巾，自您走後，陪著我度過許多寒冷的冬天哪。媽，您離開都十年了。這十年，您跟爸過得還好嗎？

——原載於二〇一七年一月九日《聯合報．副刊》

我是福爾摩沙的福爾摩斯

幾個月前，女兒一早騎摩托車上班時，被突然從路旁停車格內駛出的轎車嚇得緊急煞車而跌落，跌落後又被傾倒的摩托車壓住半邊身子，痛得哇哇叫，幸賴在路旁處理被颱風颳落路樹的三名工人聯合扶起。

肇禍的女駕駛，約六十餘歲，盈盈走出車後，看了看自己的車頭，說：「我的車沒事。」接著，又盈盈地步入車內，揚長而去。女兒由工人們幫忙叫車送醫，我接獲通知後才趕到急診室。照完X光，醫生建議次日門診；門診醫生說是骨折嚴重，排定了三日後住院開刀。

在等候開刀的數天內，女兒沒辦法去上班，一連幾天用布巾吊著膀子喊疼，半夜常常痛醒；晨起時，看到她無法入睡，面色「青筍筍」坐在客廳皺著眉頭呻吟，真是不捨。不捨之餘，開始怒氣陡漲。那位只關心自己愛車有無受傷，不管前方摔車女子生死的婦人，真是冷血。「非得把她找出來痛罵一頓不可！」我握拳誓言。但這事還真存在些困難度，案發當日，我們在急診室裡操心、瞎忙，沒想到去報案。一方面存著仁心，得饒人處且饒人；一方面也以為只須吊吊膀子一些時日，就自認倒楣算了。誰知診斷結果這麼嚴重，還得動刀；而為了申請勞保給付，不報案也不行。於是夥同里長到大安分局報案，將當時在路邊剪樹的工人幫忙抄下的車號呈上，警察調出該車資料，發現該車並非女兒所說的銀白色而是黑色，想來抄錄的車號有誤。

外子無功而返，分局警員只叫他次日務必到交通大隊備案。又隔一日，果然來了位年輕警員，拿著皮尺在肇事地點丈量了半天，最後搖頭說他也沒辦法，因為公家裝設的監視器角度不對，全沒錄到那個方位，只遙遙照著遠方的十字路口。警察臨走時跟我們說：「你們萬一找到另外的線索，再來跟我們說。」意思是，你們就自己想辦法辦案吧！外子和我雙雙目瞪口呆。我們去哪裡找線索？福爾摩斯豈是人人可為的嗎？在那之前，我早跟鄰居的餐廳請求借閱他們的監視影帶，他們不好意思拒絕，但拖拖拉拉的，我一再催促，最後卻說已經被洗掉了。

光天化日之下發生在十六米寬的大巷道的車禍，怎就是拿它沒轍？這還是號稱首善之都的臺北吶！晚上，外子來醫院交班，我跟他說：「我就不信查不出來。當時正當上班時間，肇事地點就在家裡附近，若是鄰近的上班族，可能還會在附近停車。號碼應該是匆促間抄錯了，我們就來找找相似車號的銀白車子吧！」

外子露出一貫灰心的表情說：「警察都說了，沒辦法的事就是沒辦法。你怎麼那麼煩？」我將他的表情做出了翻譯，他一向傾向息事寧人，跟太太吵架也是一樣。可我就是生氣，找肇事車主的目的不在釐清肇事責任，而是想譴責她毫無體恤之心，置傷者於不顧。基於教師誨人不倦的習慣，必須讓她知道這樣是不對的。她雖沒撞伯仁，但伯仁因她的莽撞而受傷，不管法律或人情都有虧，這樣的人就算不找她賠，至少得讓她知道「人」是應該怎麼當的。

於是，當晚八點多回家後，我顧不得吃飯，趕緊戴上眼鏡，在事發附近四處尋索類似車號的銀白色轎車。暗夜裡，獨自打著手電筒，在居家附近摸黑繞阿繞的，一一彎身檢視車牌號碼，居然真讓我給找到一部一字之差的，而且恰好就是銀白色。我重燃希望，趕緊打電話報告外子。誰知他竟仍毫無鬥志地說：「就算找到又怎樣？沒憑沒據的，也沒錄到影像！就算女兒指認出來，她要不承認，我們又能拿她怎麼辦？」他打了個呵欠，跟我說：「早點睡吧！明天早上第一臺的刀，七點半就要進開刀房，讓女兒早些上床睡，你也早點休息。」

我站在黑漆漆的巷弄間，仰頭看見滿天星斗，差一點哭出來。這樣的丈夫啊！當年是為什麼嫁給他的呀？現在又該怎麼跟他一起……一起辦案緝凶下去啊？

此事讓我耿耿於懷，忍不住在臉書上發了點兒牢騷，引來眾多臉友的同仇敵愾。有人拿《論語》孔子云：「傷人乎？」不問馬；批評那女人只問：「吾車安否？」卻不管人，非常不道德；有人建議把肇事的詳細時間、地點 po 上網，藉由網路廣徵當時其他行車紀錄器，更有人殷殷提醒手腳要快，免得超過一段時日，行車紀錄器的紀錄會被自動更新。

當然，贊同外子的人也是有的，他們對緝凶不抱希望，只阿Q地說：「這種人自然會在其他地方受到教訓的。」有人甚至對外子的消極態度大表讚賞：「贊成師丈的理性，儘早讓自己跳脫氣憤不悅的心情，把精神用在降低損害，恢復生活常軌上。」接著，還不忘安慰我「佩服老師的智慧，找到這樣的老公。」朋友甚至留言：「祝開刀順利、絹凶成功！至於馴夫，平手就好啦！」這些貼文無論正反意見，在詼諧之中都暗藏關懷，讓我突然感到這城市有多事之人還真溫暖。

決定開刀後，醫生問我們手術置入的鋼片要使用健保給付的？還是自費的？醫生說自費的咬合力較強，可以比較快復健。我本來還猶豫著，來打掃屋子的阿姨聽說女兒開刀去，悄悄地跟我說：「我娘家的媽媽生前裝人工關節，過世火化後，居然在骸骨中發現幾枚生鏽的螺釘，難怪晚年老嚷嚷關節刺刺的，就是用健保給付的，品質較差。」聽到這話，我們立即回覆還是用自費的吧，萬一用了品質不好的鋼片，屆時全生鏽了，豈不是要嚇死人。

開刀幾天後，醫生宣布可以回家療養。手術打鋼片過後的左手，因為長時間吊著而顯得腫脹。醫生叮嚀女兒可以稍加晃動手肘及開合手掌，免得將來失去功能。繳交了近七萬元後出院。我開玩笑地跟女兒說：「下回得小心點，你這一跌，跌掉了七萬元，真浪費！」我這話真不知輕重，跌掉了豈止區區七萬塊，長路漫漫路迢迢，復健之路既阻且長，這是後話。

朋友來家裡探病時，我跟她提及對方車輛其實不時停在樓下車格內，就煩惱她不知何時會出現。朋友笑稱：「乾脆在她車上裝上警報器，只要一開車就會警鈴大作。」我回說：「屆時我搭電梯下樓可能來不及，得縱身直接從陽臺翻下去抓人。」大夥兒哈哈大笑，女兒說：「那至少又要跌掉另一個七萬元了。」

車子既已確知是哪一部，心頭篤定了些。我推斷此人也許是上班族，開刀後的次日，我發現那輛車子正好停在家裡正對門停車格內。我特意下樓，拿了本書，坐在樓下陰涼的大門臺階上邊看書、邊守候。太陽很威，九點半過後，我已滿頭大汗，卻沒有等到伊人芳蹤。我猛地想起：「星期六，誰上班啊。」只好怏怏然上樓。

數日之後，就在不經意間，赫然瞥見該輛銀白車正巧停進停車格內，一位女士從車內出來。我心臟怦怦跳，不敢輕舉妄動；不動聲色尾隨，居然看她走進了我前些年的工作室所在的大樓內。趕緊回家帶上外子和受傷的女兒前去理論。原只是想譴責她不該肇事後揚長而去，如果她誠心道歉，也就算了。

誰知此人態度倨傲，一副有恃無恐的樣子。先是不肯下樓來，只一直強調她六十七歲了，一輩子做人正直，常進廟裡燒香拜佛，大家都說她是個好人。我跟她說：「沒有肇事前，大部分的人都是好人。人的好壞，端視肇事後如何處理，是只顧自己車子有無傷害然後揚長而去？還是幫跌落地上的受害人叫一臺計程車送去急診？（完全是「疾風知勁草，板蕩識忠臣」的概念）你真是冷血！剛剛你強調沒注意跌在車旁的人痛得哇哇叫就罷了，如今，我女兒都專程扶著膀子來了，你口口聲聲說你六十七歲了，卻連人情世故都不懂，連下樓來看一眼、慰問一下你因一時疏忽所造成的傷害都不肯，你若還要說自己是好人，誰會相信！既然如此，我們只好就訴諸法律吧。」

一聽訴諸法律，她可能有些顧忌，扭扭捏捏下樓，但還是一直強調她六十七歲，沒有過失，不必負責（朋友聽說了，笑問「意思是我七十多歲了，比她更有資格肇事？」）；充其量只是道德略有瑕疵，道德事很難說的。外子很氣憤地問她：「如今，你看到我女兒了，膀子開刀就用掉近七萬元手術費，就別提今後還得長期復健，還有日日疼痛所受的折磨，你還是覺得你沒過失？」她避重就輕，扯些有的沒的後，忽然問：「你說開刀，那手術費用有收據嗎？」她居然懷疑起我們想要訛詐！外子沒辦法忍受清白遭質疑，晚間吃過飯，急忙拿了收據送去。原先要求看收據的，真送去後，她卻又不肯開門收取，只在對講機裡撂下一句話：「你去告好了。」外子一聽，真是氣炸了。這種倨傲的態度，真惹火了這位一向極度正直的溫吞漢了，次日，直奔警局報案。

警察受理後，調閱附近路口監視器，發現在肇事時間，那輛車確實從附近的轉彎路口開出。他問我們肇事逃逸屬公訴罪，但民事部分，如果對方要求和解，願不願意接受？我傻傻問，對方若誠意和解，幹麼不同意？但和解是啥意思？員警說道歉、賠償之類的。

回家後，我問外子如果賠償，該求償若干。外子看女兒痛得日夜不寧，想到對方態度又那麼差，很生氣地奮臂掄拳，捶桌說：「至少叫她賠六千元，否則絕不善罷甘休。」我氣極了，罵他：「女兒的命就這麼不值！」外子被我一罵，愣愣問：「那你覺得該多少？」我也捶桌洩恨：「至少也要一萬元，你看女兒都痛成那樣。」一夜裡，夫妻二人討價還價，險些翻臉。

兒子和媳婦回來，我們爭相訴苦。兒子露出不可置信的表情，責問：「你們兩個老人家有沒有搞錯？因為車禍，妹妹打鋼板就花掉七萬元，有好久不能上班不說，摩托車壞了，電腦也摔掛了，日夜疼痛不堪，還要復健半年左右，你們居然還在求償六千或一萬中吵架！」隨後又開玩笑附加了：「何況從此少了小姑姑幫忙我們帶女兒，媽媽還少了個助手幫忙打點演講、評審等大大小小事，……哎呀，當你們的女兒真不值錢啊！」媳婦一旁笑倒在地。

結果，我們什麼狀子也沒寫，更沒請律師，本案後來直接進入司法程序，罪名是「肇事逃逸」，因為她下車察看了車況，難辯不知情。女兒已成年，我們尊重她個人的決定。她原本提出九萬元賠償金，那位女士說：「我只帶來三萬。」女兒又說：「至少請付置入的鋼板費七萬元。」那位女士還想要再討價還價。法官說話了：「你最好在受害人沒反悔前趕快去提錢，否則這回讓她走了，下回來，你可能吃不完兜著走。」於是，最後她賠了七萬元。

當時，臉友們在雲端敲碗、搬椅子，等著我公布官司後續，一聽說「以七萬元賠償定案」，有人提出自家撞人經驗說：「我公公騎車轉個彎，夕陽正對著他的眼睛，工人從水溝裡冒出來，撞上，對方骨折。他不小心使對方釘鋼板，賠了三十多萬。……三十多萬是公公對內的說法，應該不止。」有人以自身受害經驗說：「我女兒前年在臺中車禍，左腳植入鋼釘，私下和解賠了十三萬，老師要求的也太少啦！」我志在緝凶不在賠償，對賠償金額多少沒太掛懷，倒是其中一則留言堪稱史上最中聽：「老師追根究柢的精神不僅僅做學問，追求是非正義的心更是堅定，臺灣的福爾摩斯教人佩服。」

——原載於二〇一六年八月二十八日《自由時報・副刊》

不停地說話

小時候，家裡窮，食指浩繁，大人謀生都來不及，很嫌棄愛說話的小孩，我打小迷糊但很識相，在家盡量保持沉默。

我排行老么，前有三個哥哥四個姊姊，家裡大小事都沒有置喙的餘地，也不勞我費心。爸爸早出晚歸，是個安樂公，只負責拿微薄的薪水回家。母親勞心勞力操持家務和擺平大家庭的所有人際糾葛。她個性急躁、動作麻利，希望孩子們個個都能聞一知十，舉一反三，我的兄姊們大致都能符合她的基本期待；偏我反應遲鈍，非常不如理想，不但無法跟她有良好默契，在生活細節上還老丟三落四，所以，成天吃棍子。

當時，我的理想生活是窩居閣樓裡，不必與家人說話，沒有接觸就減少挨罵挨打機會，否則，只會為自己惹來災難。我在家裡的閣樓裡做什麼呢？用我母親的話就是「做春秋大夢」，神經兮兮地喃喃自語，對著鏡子跟自己說話，在母親眼中應該是個奇怪的小孩吧。

我的有限的話都留在外頭說。在學校裡，我依然寡言，因為沒有朋友可以談心；但常被老師指派參加各項有關語文或表演的競賽，諸如作文、書法、注音符號、朗讀、演講、查字典……，每役必與、戰果輝煌。靜態的寫作、書法、注音……，我如魚得水，怡然自得；但一遇演講或朗讀等面對群眾的競賽，比賽前一天必拉肚子，到年紀很大了，才知那叫「腸躁症」，緊張引起的。

雖然緊張，但依然可以應付裕如。怪的是，我可以對著眾人侃侃而談，卻對兩人面對面交談毫無辦法，我的罩門在交友。在同儕間的人緣一直不佳，永遠羨慕那些能相互吐槽或吆喝著一起去福利社的同學們，自怨自艾人情澆薄。但因為藏了一肚子故事和電影，也擅長表演，不知道從何時起，我開始了說書生涯。明明規定必須趴著午休時間，卻總有幾個不安分的同學圍坐，趴在桌上頭擠著頭，聽我說故事；上家事課時，七、八人分配一臺縫紉車，輪流學踩車子、練習製作抹布，我只須負責說故事，總有人幫忙把屬於我的部分完成。

當年《梁山伯與祝英臺》風靡全臺時，大街小巷傳唱，黃梅調的電影一部接一部上映，我省下午餐費，獨自進電影院看凌波、樂蒂、林黛、方盈……等明星為愛情哀哀哭泣；次日上學時，連說帶唱搬演給同學看，但人際關係依然欲振乏力，我常為著沒有被溫情回饋而感傷不已。我天生像個說書人，唱作俱佳，搬演並編織別人的故事，逢到切身的事，就忸怩不安、小心眼的忌妒別人的好交情，卻不懂如何掏心掏肺跟同學交換心事，直到教書以後，我才警覺，一直以來，我只管單向輸出，沒有能力雙向溝通理解。

在家沉默寡言的人，出了家門成了個愛說話、喜表演的角色，家人似乎也見怪不怪。從小學到大學，一直維持這種態勢，學校老師好像都是我的伯樂，有大型活動常常找我去主持，譬如音樂會、運動會或各項紀念會，這種種經歷，老實說，充分滿足了我年輕的虛榮。

我是成長於潭子鄉下的孩子，但不大有本土口音，主要是小學一到三年級的兩位年輕女老師都說一口標準國語，這對我的影響很深。我的國語說得滿標準，在只准許講國語的年代，我佔了許多便宜，大家聽到我偶爾說出的臺灣話，都驚訝地讚美：「你的臺灣話說得真好！」等我表明我就是臺灣囝仔，通常會轉而被讚美：「那你的國語講得好棒。」

一直為沒有交到知心朋友而感到困擾甚至失落的我，卻在演講中學會吹牛、說大話。那個奇異的年代，政府從來沒有停止為我們畫大餅、老教育我們說謊話。任何經國之大業我都胸有成竹：勤儉建軍的重要，忍耐美德的實踐、匪諜就在我們身邊的呼籲，復興中華文化或該怎麼推行新、速、實、簡的新生活的狂想妄言，甚至反共復國、解救苦難同胞的策略，都難不倒我。當時的演講就是不斷夸夸其談，比賽場合，人人都以為自有一套，其實說穿了，根本是同一套。

前些年，我應邀去北京的重點高中跟老師演講，在Q＆A的時間裡，一位高中老師提問：「你們臺灣的老師都像您這麼會說話嗎？你們是怎麼做到的？」我開玩笑的回答：「只要你們這兒的言論尺度放寬了，人人都可以是這樣的。」回旅館途中，我忽然想起小三時，在一篇題為「我的志願」的文章裡，我天真寫出「立志當歌仔戲的演員」，被老師一筆劃掉，評曰：「不登大雅之堂，重寫。」我捧著回家問母親，母親說：「前一句雖然毋知影是什麼意思，但是『重寫』的意思你敢毋知？」於是，我將志願改寫為科學家，結果被張貼在布告欄上做為同學的範本。這件事可能是關鍵，從那之後，我再也不說實話或真心話，只顧著揣摩大人的愛憎，結果說出的全是熟爛的複製言論。我猜測，這會不會也正是這位提問老師所遭遇的困境？

一九八四年四月，我在重慶南路文化復興委員會開始了人生第一場不是比賽的正式演講，這一講就連續四場，每星期講述一位元曲作家，至今猶然記得當時心跳氣急、心臟無力的窘境。

從那開始，講啊講的，從學術專業的戲曲、古典小說直講到現代的創作與閱讀，甚至是寫作的主題及語文的教學延伸出的教育、親子、家庭關係，講題穿梭古今，如今已歷三十餘年。蒙讀者、聽眾不棄，至今每個月的演講邀約不斷。從幾年前退休後，我終於變成一位專業的演講者，較精確點說，應該是職業「說書人」。

我當年是如何擺脫拘謹且誇大不實的困境的？說來也是因緣際會。大三那年，我得了機會到幼獅文藝打工，擔任編輯，開始見識到文人的幽默機趣。我默默觀察，心裡豔羨且納悶，怎麼有些人就是能夠在閒談間談笑風生且時露機鋒；在上臺演講時沉穩自若，吐屬幽默？我卻囿於傳統、拘謹保守，沒辦法自在瀟脫？我在努力充實專業之外，也希望一改陳腐的論點，做些新的嘗試，包括內容和形式，緊記「說大人則藐之」的道理，啥物攏毋驚而且不斷地在家庭互動和學校教學間實驗，切磋琢磨，發現挑戰習慣領域的重要，在集體說謊的年代裡，說真心話變成一種「創意」，甚或稱之為「時尚」亦不為過。

沒料到，我的人際關係竟因不停寫作跟演講而獲得重大突破。我坦承先前二、三十年來疙疙瘩瘩的人際肇因於沉默；看似風光的演講紀錄根本是盲目的錯誤。我急於補償似的瘋狂說話。在家裡勤於跟先生孩子溝通，希望彼此無隔宿之恨；在學校上課之餘，仍將研究室大門洞開，誠心傾聽學生的心事，並不吝提供有用或無用的意見；孫女出生後，我綵衣娛「孫」，說話內容更加多元；而在演講回來的途中，還會一邊檢討答問時言之不足處，以便下回改進；若是自認成效斐然，回家少不得又興奮重複一遍給家人同歡（或許是同難），外子常在我說得口沫橫飛之際，委婉插嘴：「要不要去喝一口水？……」因此，一年約莫一百五十場的演講，我說了不下三百次，幾十年下來，說話的數量，鐵定比周遊列國的孔子和喜歡辯論的孟子還要多；何況我在家說、出門說；上課、下課都說；臺上說、臺下也說；白天說、晚上說，據說睡覺時也還在說；更何況說話的速度飛快，我聽過小說家平路時陷深思的慢條斯理演講，她講一場所說的話最多只夠我說三分之二場。

情況越演越烈，只要和朋友出去旅行或聚餐，我也不放過說話的機會，彷彿是打定主意要把以前沒說出口的話全都補回來似的。雖然截至目前為止，自認人緣越來越好（也許也只是自我感覺良好），但預料往後說話達到顛峰狀態時，恐將變成一場災難。我每天告誡自己，可別像詩壇那位曾經如此優秀的作家，一拿到麥克風就所向無敵，下「語」不能自休，讓大夥兒都走避不及，但也知這事哪由得了自己做主！想來真有些擔心。

——原載於二〇一六年七月九日《聯合晚報・副刊》

小哥的江湖

我的小哥，是江湖中人。江湖人講義氣、重感情，但思考模式和一般人大異其趣。家人在他眼中都是不諳江湖險惡的憨人，每每在言談中取笑我們心思太過單純。他對我這個妹妹的博士頭銜，嗤笑尤深，每次和他閒聊社會事件，最後，他都是以：「無彩予你讀到博士，人間的眉眉角角，你完全攏毋捌（不懂），世間上的代誌毋是你想的遐爾仔簡單啦！討一工（找一天）有閒，我才來共你上一課。」我拿他沒轍，只能駭笑著，聽著他那讓我眼界大開的黑道奇聞逸事。

母親最擔心他，也最偏心他。有一年過年，我們舉家回潭子老家團聚，小哥深夜才趕回來，我們已經入睡多時。母親忽然闖入我們房間，將外子搖醒，說：「恁小哥轉來，伊睏袂慣勢傷軟（太軟）的枕頭，你咧睏（正睡著）的這粒枕頭讓伊睏。」外子陡然被搖醒，還搞不清楚狀況，頭下的枕頭已被我娘抽走，換上一個軟枕頭；她把硬枕頭拿去給她小兒子睡。

每回和小哥一起回家，外子早起，總被岳母要求進到院中的蓮花池內將滿池鯉魚活捉出來，並辛苦清理汙泥。我總埋怨她，人善被人欺，放任自己的兒子高枕無憂，奴役別人家的兒子。媽媽倒也不護短，只說：「毋是我偏心，別人的囡仔教養較好、較乖，家己的囝枉然，睏袂起床、也叫袂行（叫不動），哪有法度！」但哪裡是叫不動，分明是縱容寵溺，沒去叫。

兄妹相會有時有陣，有一次，隔了長時間才見，不經意間看到他腦袋瓜上多了個大疤痕，大吃一驚。他說是幾個月前，幫人去討債，深入敵營，結果對方人多勢眾，傢伙拿出來，罩頭就對他砍了一刀，頃刻間血流如注。他嚇得落荒而逃，那殺手在後頭拚命追，他跑得比飛的快。

眼看快被追上，忽然心裡一橫：「我都被砍成一臉是血了，還跑幹麼！怕什麼。」於是，停下腳步，轉身雙眼怒視。那猛追他的人，可能被轉過來的滿臉鮮血嚇到了，愣了一秒，隨即轉頭拔腿往來時路狂奔回去。小哥談這事時，淡定得緊，輕聲帶過。我們全家都被這荒謬驚險的砍腦袋情節嚇到目瞪口呆，才知原來江湖真不是好混的！

小哥飛黃騰達的時候，出手一向闊綽。他經常來邀約我們吃大餐。我的孩子上國小低年級時，是小哥個人的事業全盛期，雖然沒人確知他從事的是什麼行業，但動輒要請我們全家去東區的高檔餐廳吃魚翅是事實。邀約多次不果，他有些不開心，以為我瞧不起他，懷疑他的錢來路不明。他這一說，我倒不能不應邀了。

還沒到約定的吃飯日，卻聽朋友說，那家餐廳要價不斐，套餐一客最少要兩三千元，我急忙去電跟他取消。他說豈有此理，餐廳都訂了。我退而求其次：「那麼貴，不然我們夫妻應邀就好，小朋友也吃不出好在哪裡，就算了，別白白浪費錢。」他聽了，大不以為然，回我說：「小孩就不是人嗎！大人若覺得好吃，小孩豈會吃不出來？就別三八了，浪費什麼，吃掉又不是倒掉，一定要全家都來。」那日吃掉多少大洋，我簡直不敢問，光那每人背後都有一位侍者直挺挺伺候著的排場，就教人坐立不安了。

當然，他請客如此豪氣；輪到我做東時，他也沒在怕的。一九九四年，我得中山文藝獎，他一聽獎金有三十萬，不顧當場有十餘人在場，立刻大聲宣布該請大家去吃我媽口中的「蚵仔米線」——魚翅餐，擇期不如撞日，也很有行動力的馬上幫我打電話去新生南路「頂上」訂位。一人一鍋魚翅就別提有多貴，光一盤銀牙（清炒豆芽）就要價五百元。結帳時，我齜牙咧嘴笑說：「不貴！不貴！」其實心裡淌血，到今日還沒忘記那日的疼。

有一日閒聊，他說起去聽江蕙的演唱會，我只順勢回了句：「現場聽應該不同於電視上看吧，我從來不曾去聽過。」沒過幾日，小嫂子就打電話來，問我跟外子的身分證號碼。我問做什麼用？嫂子說：「你小哥要請你們聽演唱會，剛好過一陣子有詹雅雯的演唱會，我來預購票，需要身分證號碼。」

兩個疑問浮上心頭，一是詹雅雯是誰？二是買票為什麼需要身分證號碼？小嫂子當我是外星人，竟不知道詹雅雯是何人；至於身分證號碼是因為要預訂高價位票。我在電話這頭懇請她：「不要買太貴的票啊，最便宜的就行，我們家裡有望遠鏡，只是去見識見識而已，別太費錢。」嫂子說：「你小哥怎會容許我買便宜票給妹妹和妹夫！」最後在我苦苦哀求之下，我拿到的票一張五千四百元，我們夫妻倆讓嫂子花了一萬零八百元，我心都碎了。

小哥的任性，從吃食上最看得清楚。他可以花三百多元的計程車費，只為去吃某小店鍾情的一碟小黃瓜；或專程搭高鐵回臺中老家附近菜市場去買五十元大骨酸菜筍乾湯，拎回臺北；母親到臺北我家養病時，他還要求吃母親親自做的白切鵝肉，我娘還得拖著老病的身子上市場，再三拜託賣雞肉的小販幫她去調一隻生鵝賣給她，然後，拿大鍋煮，成全兒子的口腹之欲。我說他：「你實在足敢死，老母病到這款，還敢要她伺候你！」他還大剌剌回：「老母就是需要按呢起來運動、運動咧，你看！這幾日伊的精神是毋是加好足濟（很多）咧？」

最讓人吃驚的，是他拿臺北伊通街上的「六福」牛肉麵當午餐，十年如一日。「六福」的營業時間是星期一到星期五，他天天下午一點左右從農安街搭計程車前去報到，堪稱該店的頭號粉絲。除非去外地，他對「六福」不離不棄。

他吃牛肉麵還有諸多規矩，自備喜歡的乾麵，不吃店家的麵；吩咐老闆：「不要給我放小白菜，醫生說我不能吃小白菜。」還有，牛肉麵裡約莫放了六小塊牛肉，他跟老闆商量：「你能不能不要給我那麼多牛肉，我只要兩塊就好。」

我也是「六福牛肉麵」的常客，常提著容器去帶幾碗未煮的牛肉麵回家享用。但聽足這些吃麵的規矩時，他已經用這種方式在「六福牛肉麵」吃了十年。我聽了飲恨跺腳，開始用心算幫他算計：每天浪費4塊牛肉，一年52星期，每星期5天，吃了10年，4×52×5×10＝10400 塊牛肉，要認真計較起來，恐怕都可以牽一、兩頭牛回家了。麵的部分 1×52×5×10＝2600 把麵，青菜也是兩千六百把。真是損失慘重！

我跌足飲恨，罵他：「你這是什麼意思，你每天浪費一把青菜、一把乾麵和四塊牛肉！十年間浪費多少，你知道嗎？」我正要算給他聽，他瞠目結舌，駁斥我：「這怎麼叫浪費，我又沒有蹧蹋掉這些東西，應該算是『節省』才是，虧你還是文學博士，用辭這麼不精準。」

「那他有算你便宜些嗎？」我進一步追問他。我哥露出不可置信的表情回：「人家店裡就只賣這一味，牆上明明白白寫著『牛肉麵一百五十元，加蛋多十元』。愛來不來沒人勉強你，我想都沒想到可以叫他少算，這是江湖道義。」

江湖道義！江湖也管兄妹情誼的吧。我氣極了，問他：「你妹妹巴望著多帶些牛肉回家而不可得，你為什麼不跟老闆說：『我留在店裡這些東西，每個月我妹妹會拿著鍋子來提回去煮給她的孫女吃』。」他面露可笑的表情，懶得理我。

看起來，我哥是「貴公」的篤行者，這人雖然是我小哥，但顯然全然沒有內外之分，搞不好他跟老闆還親熱些，他們天天約會見面，也許覺得牛肉、麵、青菜留在老闆處比留給我好些。

我雖仍感萬分可惜，但自我反省，平日疏於照應，只在過年過節請他過來吃頓飯，卻對他剩餘的牛肉表現出過度的熱情，也真的說不過去，取回牛肉的意圖就草草打消。唉！人生有甚於爭取牛肉者甚多，就作罷了吧。

前天去帶牛肉麵時，臨出店門，我又問：「我小哥還來嗎？」老闆跟老闆娘異口同聲說：「來！每天都來。」我忽然心裡一動，我每每透過老闆得到小哥安然存活的訊息，而茫茫人海中，恢復單身的小哥，有這位老闆每天用暖呼呼的牛肉麵照顧著他的腹腸，我該感謝他的，絕不能再貪圖他的牛肉了。必要時，我該提一盒餅去謝謝老闆才是。

講起他長年去牛肉麵店吃午餐的事，不得不提到我那無緣的嫂子。你一定注意到方才我用了「恢復單身」四個字。這事說來話長，嫂子跟小哥婚後感情甚篤，嫂子也是個江湖女俠，她身手麻利，愛憎分明。和小哥結婚後，給了小哥好堅實的後盾。生下兩個小孩後，他們不知用什麼名義，申請了個年輕外傭。多年後，外傭依例須回國去了，但全家已倚賴甚深，不得已，夫妻二人異想天開，竟然離婚，讓外傭和小哥結婚。

為了逃避稽查吧，夫妻二人還真的分居二處，那已是十多年前的往事。其後，外傭回國結婚去，嫂子卻另有了新歡。小哥認真解釋給我聽：「恁嫂仔有不得已的苦衷，不管如何，伊攏猶原是我的太太。阮兩人已經講好了，伊死了後，欲埋佇咱兜的墓，墓碑頂刻的身分，還是我的妻。你看好了，伊老了、抑是破病，彼个人總是無可靠，到時，還得靠我來照顧伊。」這段撲朔迷離的婚姻，陷入我們所無法理解的複雜情境。

那時母親猶然在世，不置一辭，不知這兒子到底是在「變啥物蠓」（變啥把戲）。但母親生病那些日子，嫂子確實還當母親是婆婆，不時捎來關心。一日，嫂子來醫院看心情不好的母親，我跟嫂子提起前日小哥來跟母親借錢的事，讓母親相當傷心。嫂子二話不說，到提款機提款遞給我，說：「就跟媽說這筆錢是你小哥還的，別讓媽媽生病了還為此事掛心；但也請別讓你小哥知道我幫忙他把錢還了，屆時還是要他還錢，他若知道是我還的，就不會還我了。他最近亂花錢，不知道搞什麼名堂。」

過了幾個月，母親仙逝，留下一些現金。我幫著分配處理，跟小哥說：「你跟媽借的錢，我先扣下了。」我扣下錢，自然是打算還給嫂子，到底她在法律上已不是廖家媳婦了；她為了安慰母親，先幫小哥做人，我們怎能不顧人情義理！但小哥不知就裡，聽了後勃然大怒，在電話中怒斥我：「做人就要懂道理，『魚還魚，蝦還蝦，水龜毋通混田螺。』（魚是魚，蝦是蝦，各歸各的，別把兩件事混為一談。）我欠媽媽的錢跟媽媽要給我的錢是兩碼子的事，該我的，就該全部給我；我欠的，是我跟我媽間的事，你有什麼資格給扣走？」我有苦難言，尤其聽到他言詞哽咽說：「我就知道，媽死了，你就不管我了。媽在的時候，你才不會這樣對我。」我聽了肝腸寸斷，兄妹為了些許的錢搞到幾乎恩斷義絕，絕非母親所樂見，我打算就由我來認賠算了。嫂子知道後，忙跟小哥自首是她幫忙還錢之事，小哥從此不再提，他們究竟如何解決，我也不再過問。

沒多久，移居中部的小哥生了一場重病，嫂子不辭辛勞，洗身搽藥，極力搶救。將他轉診臺北後，不惜重資延醫治療。小哥昏迷期間，她痛哭失聲；病情好轉後，雇用看護，悉心照料。小哥還來不及照顧她，倒先勞煩她照顧了。

近十年來，嫂子在居家附近，花錢租了單身套房安置前夫，還給足零用錢。她早起慢跑時，順便繞過去帶著小哥，督促他散步、運動，她新家的客廳依然奉祀著我們廖家的祖先牌位；時不時帶著小哥回臺中跟供奉在寺內的母親說說話；而就像前述的，她還幫忙花錢買票讓小姑去見識未曾經歷的演唱會……情深義重，早超乎一般的夫妻。我們姊妹私底下都感激涕零，也都有同樣的疑問：「這樣的男人到底有怎樣的魅力啊？讓女人如此死生不渝？」

我有事連繫不上小哥時，照例撥電話找嫂子。嫂子的手機答鈴永遠唱著江蕙的〈家後〉：「有一日咱若老，揣無人共咱友孝，我會陪你坐佇椅條，聽你講少年的時陣你有偌擎（多厲害）。食好食穤（壞）無計較，怨天怨地也袂曉，你的手，我會共（給）你牽牢牢，因為我是你的家後（妻子）。」我等著、聽著，總忍不住紅了眼眶。

我的小哥，雖說已從江湖退隱，但一旦步入江湖，一生都是江湖人，我的嫂子也是。

——原載於二〇一七年二月十五日《聯合報・副刊》

阿公比較窮嗎？

兒子整理了衣櫃，將已不常穿的衣物部分送去回收，挑了兩大袋送來給他爸爸看看能穿否。

兒子走後，我慫恿外子試穿看看，發現除了長度需要修改之外，一切都很合身。外子感嘆著說：「我真是三代中的最低消費者，我父親還經歷過沒落家族的最後繁華，穿著算是相當講究；兒子的衣服無論質料或款式都比我這做老爸的精緻高雅。我就撿著兒子不要的穿就夠了。」

我半揶揄著說：「爸爸是沒落王孫，兒子是當代新貴，本來就都比我們幸運。但我們白手起家，保有中產階級的樸實美德，也是理所當然。」

兩個孫女一旁聽著、看著，四歲多的大孫女海蒂提出心裡的疑問：「為什麼爸拔要把自己的衣服送給阿公？」我解釋道：「因為這些衣服，爸拔穿久了，已經不新鮮了；可是對阿公來說，他都沒穿過，只要改一改長度，就都變成新的了。」

海蒂又問：「阿公比較窮嗎？」我瞠目結舌，結結巴巴回：「嗯……應該也可以這樣說啦。」

過一會兒，小孫女諾諾拿了水果玩具來跟阿嬤共食，我們一個拿香蕉，一個吃著番茄，吃得不亦樂乎。我邊玩邊問：「諾諾最喜歡吃什麼水果？」諾諾也邊嘖嘖假吃邊答：「我最喜歡吃草莓。」我大方允諾：「下次你們回來，阿嬤請阿公買你最喜歡的草莓給你們吃。」諾諾皺著眉回說：「阿公沒有錢了啦，他很窮捏，還是阿嬤買吧。」阿嬤嚇了一跳問：「你怎麼會覺得阿公很窮？」諾諾說：「阿公都沒錢買衣服了，很窮捏，好可憐。」原來，看似漫不經心的小傢伙都把我們的對談聽進耳裡了。

我回頭看她阿公，穿著一件幾十年前買的舊衣，好像是真的很窮，若非阿嬤我非常堅強，差點就要悲從中來了。不過，後來阿嬤還是跟兩個小孫女辯稱：「爸拔跟媽媽其實比阿公更窮，你看，他們都穿不慣漂亮衣服，習慣穿破洞百出的丐幫裝：你們有仔細看過嗎？媽媽的衣服布料都好少，爸媽的長褲是不是常有破洞？」

兩個小孫女想了想，同時點頭，嬤孫三人頓時都神情黯然。

雖然如此，阿嬤還是為孫女的同情心感到無限欣慰，也同時聯想起久遠的往事。小孫女的爸爸念小六時，他妹妹念小四，我們剛剛買下座落臺北杭州南路的新屋，背了大筆房貸。一日，我進行精神教育，要他們兩人共體時艱，不要亂花錢，否則爸媽得非常辛苦去賺錢。過幾日後的一個黃昏，外子有應酬，我剛趕完稿子，眼紅髮披，胡亂穿了便服就騎摩托車載兩童到師大路的「大碗公牛肉麵」吃晚餐。點餐時，兒子原本點了牛肉麵，女兒選了二十個牛肉餃子。可能是忽然想起我前日的叮嚀，兒子改口「吃牛肉湯麵就好」，他的理由是：「你不是說家裡都沒錢了嗎？」女兒也跟著改成十個豬肉水餃，說：「還是節省一點吧，豬肉的便宜些。」儘管我再三表示一碗牛肉麵跟二十個牛肉餃子不是問題：「飯總是要吃飽的嘛。」但孩子堅持，說：「這樣你們不是太可憐了，要工作到很晚嗎？」這一番對談，雖然低聲進行，但店裡地窄人稠，想必被有心人聽去了，結帳時，竟被告知已有人幫我們這三個看起來萬分可憐的母子把帳給付了，我們連想推辭或致謝都找不到人。

那個黃昏，變得如此溫柔，對那位付帳的善心人士和我們的一雙貼心兒女，我一直都沒敢忘記。誰知多年後的今天，那位昔日十一歲的男童，業已生養了兩個女兒，她們也遺傳了他父親和姑姑昔日的溫柔。

外子接受餽贈舊衣的次日，我早上起得遲，醒來時，赤足在屋子各角落尋找，沒有任何人的蹤跡。桌上翻找，也沒有片語隻字留下。正搔首撓耳間，門鈴響起，才猛然記起約了出版社編輯前來討論新書。

談啊談的，外子推門進來，問他去了何方，他回說送承贈的舊褲去市場邊兒的舖子修改。「拿幾件去改？」我此問有緣由。前一日送來的長褲少說十五件以上，我邊量邊做記號，還邊打趣他：「這十多件長褲改好夠你穿到一百二十歲了。」

外子說：「開玩笑！幹麼改那麼多件，改衣服也要不少錢咧！」我以為物價飛漲，修改衣服的價格也跟著大幅攀升，忙問：「改一件多少錢？」他回：「少說也要一百元咧。」

我忍俊不住，笑他小器且不知算計：「一件就算一百元，相較於買件新的動輒上千元，不是很划算！何況十五件也不過一千五百元，就算漲價應該也不出兩千元，出去吃頓飯就花掉了；而改好的長褲可以輪流穿到一百二十歲。」阿公哼哼哈哈，嘴裡嘟囔著：「改個兩、三件來穿就很好了⋯⋯」我不想住海邊，管太大，隨他去。

哪想到外子原來是叛逆，完全是一副：「你說了算，那我算什麼！」的心情，他還是折衷拿了十件去改。客人在，我給他留面子，不好給他吐槽：「不是說只改兩三件？」

沒料到他將順手添購的日常用品拿進廚房前，又轉回頭很遺憾地說：「本來改一件一百元的，因為還要拆掉褲管，每件多要了五十元。早知如此，我在家先拆褲管，總共就省下五百元。」瞧！這位先生真是窮酸至極啊。

後來想想，此事恐也怪他不得，這事得追溯至母輩，歸咎於遺傳。

一事至今四十年難忘。新婚時回婆家。婆婆拿著水電費帳單，一臉焦急，朝剛進門的我們說：「這个月的水錢哪會遮爾仔濟，一定是漏水抑是抄毋對水表。恁去自來水廠替我查看覓咧。」（這個月的水費怎會這麼多，一定是漏水或抄錯水表，你們幫我到自來水廠去查查看。）

我問：「這個月要繳多少錢？」婆婆揚著帳單，我接過一看，不過二十六元。我驚訝再問：「上個月是多少？」婆婆很氣憤地回答：「頂擺才二十四箍。從來毋捌超過二十四箍，一定有問題，這个月也無加用啥物水。」我啼笑皆非，正不知如何應答，婆婆思前想後，猜測：「……若無，敢會是水道頭囥佇厝外面，予人偷用去？」我聽了，眼淚差點掉出來，兩元之差，對老人家而言竟像是天大的事，可見手頭有多拮据。

其後，我們逐漸調整，夫妻同心協力賺錢，奉呈給公婆的生活費遂稍稍寬裕了些。一日，從中部北上途中，外子忽然跟我說：

「今早，媽媽從市場買菜回來。我問她給她的生活費還夠用嗎？媽媽很驕傲的回我：『有夠用了，這陣去市場買魚，攏毋免（都不必）先問一兩偌濟（多少）錢，雄雄就共伊買落去。你毋免閣加予我錢，我按呢就真有夠囉！恁賺錢也真辛苦。』我聽了，覺得好安慰。」說到這，我們夫妻倆都紅了眼眶。

莫怪這個男人到如今還如此簡樸持家，原來遺傳了我婆婆美好的德行。想到往事，心裡忽然暖了起來。呵！真不該取笑這些個神奇的遺傳啊，臺灣不正是靠這眾多體貼與勤樸的遺傳創造了曾經的經濟奇蹟嗎？

——原載於二〇一七年二月二十七日《中國時報・人間副刊》

留下曾經的美麗

和女兒一起帶著病中的姊姊去逛街，途中，女兒忽然取出口紅，為姊姊蒼白的唇潤色。病懨懨的臉多了活潑的血色，看起來健康了些。姊姊邊走邊看著百貨公司內的鏡子說：「我得調整佝僂的行走姿態，來配合這樣的美麗才行。」於是，直起背，掛上笑靨，一抹橘紅瞬間追回好多的青春。

回家後的夜裡，女兒很認真的在電腦上運用進階的美容修臉絕技，高斯模糊、修復筆刷讓姊姊擦了口紅的照片加倍回春。我驀然想起一樁往事，曾經無敵美麗的母親，在過世前一年常對鏡猜疑，說：「那會變甲遮爾穤！」我也試著用剛剛學會的 Photoshop 軟體為母親的照片加柔光、點紅唇、拉皮。當時的母親好開心，帶著照片四處炫耀女兒的精心傑作。藉由科技的神奇功效，她彷彿在照片裡找回燦爛的過去。

要維持心理的青春，往往只要轉念往正向的角度思考就行；相較之下，造物者為生老病死打造的鐵律很不容易被顛覆。身體或容顏的頹敗是大勢所趨，眼見歲月悠悠逝去，年齡的祕密悉數寫在臉上，尤其在照片裡看得更加清晰，人生果然酷烈。人們總一再強調：「自然就是美」，然而，追懷癡狂年少是天性，年齡日高雖勢不可免，但照片若能稍加遮掩形貌的衰頹也算是某種程度的補恨，儘管明知也是虛幻。

多年前，甥女結婚，從臺中遠赴臺北拍婚紗照。取回後，嗒然若有所失，我趨前觀看，安慰她：「照得不錯嘛，很像啊。」她惆悵回應：「就是討厭它照得太像了！我的同學都照得不像本人，像電影明星。這家技術真是太差了！」聞言不禁失笑，婚照本為存真，但大多數人都期望拍出不屬於自己的美麗。所以，可以在照片中修飾或美容，不用實體動刀或施打玻尿酸，也算是頑抗老邁、力抗寫實的一大福音。

我為新書《老花眼公主的青春花園》撰寫一封家書充當序文，曾遵囑寄去近照一張給登載的雜誌社；編輯卻來電索取舊照，說：「美編和攝影同事覺得，這篇您寫給師丈的家書，如果配上以前您們兩人的舊照片會更好。」所謂舊照片就是年輕照片的委婉說法。

我悵然揣測：「是我寫得太浪漫了嗎？先前提供的近照缺乏說服力來彰顯那分纏綿嗎？老夫、老妻只宜坐在靠近火爐的搖椅上互不干涉地自言自語嗎？」於是，我悻悻然埋頭尋找老照片，在冬日午後，猝不及防照見三十多年前的自己含羞讓外子將戒指套上指頭，兩人那窈窕細瘦的身影，才知青春的確美麗。

戴上老花眼鏡看去，當年那位西裝革履前來訂親的黑髮男子，已然白髮星星；而曾自許為「五十歲公主」的我，也早過而立之年，成了「老花眼公主」。但既稱「公主」，無論幾歲，我以為都該優雅如昔。除了心境保持年輕，我也打算請女兒在電腦上幫照片動動手腳，為我們夫妻留下曾經的美麗，然後，從容邁向人生的第二青春期。

——原載於二〇一五年三月號《ELLE》

輯二——穿街過巷

街頭邂逅的司機

在臺中，要去大雅的大華國中義講。前一晚有些著急，在電腦前研究了又研究，跟 Google 大神求援，說全程只需十四分鐘左右，「就不信我能開到何處去，大不了讓導航器引導，不用慌。」我心裡這樣自我安慰。

誰知一如以往，我搞不定那臺生性彆扭的導航器。它神出鬼沒，不知是怎的，就是對我的指令不理不睬。不管我氣得吐它口水，它就是鐵了心的裝孬；有時又忽而莫名其妙開啟迅即又神隱起來，總是不肯讓我輸入目的地的地址，存心跟我捉迷藏。

我懊惱地放棄導航，按照昨晚 Google 大神的指導。七十四號路我常走，隱約記得 Google 指示從「西屯路」下，我一路奔往南方，感覺方向明顯錯誤後，迴轉，追上一輛送貨的旅行車問路。車子跟貨車並排停在紅燈前，我敲窗示意司機開窗，才弄清楚原來應該從「北屯路」下高速路的，西屯、北屯一字之差，謬以千里。

司機是名眉清目秀的年輕小夥子，我決定無論如何要賴定他，用緊急且顫抖的聲音問：「大雅怎麼走？我要去大華國中。」他跟我比畫了半天，我聽不懂；我怕他一踩油門溜走，急忙用哭腔求他：「我一點五分要去大華國中演講，現在已經一點了，怎麼辦？我都要哭了。」那男子看了表，也嚇一跳，忘記了自己原本要做什麼吧，忙不迭義氣地說：「跟著我走，我帶你去。」我只差沒跪謝，趕緊睜大眼緊跟，一連闖過兩三個黃燈，終於在一點十分衝進校門，我甚至來不及致謝，他就擺擺手走了。我彷彿記得這位司機跟我說過他是大雅人，大雅人真的好「大雅」。我看他載著一車的東西，不知道是否因此耽誤了他的正事？真是不好意思，這是唯一一次和貨車司機的邂逅。

搭計程車的經驗倒是不少，常聽人抱怨計程車司機，自己也曾有過幾次不甚愉快的乘車經驗。但自從碰到過一位相當熱心的司機後，才讓我徹底改觀。

那回，我去朱崙街體育署開會，在杭州南路上車後，發現車子後座上留有一個小朋友的背包。我告知司機，他擔心印著舞蹈社電話及地址的書包小主人可能因此沒辦法上課。半途停車，循線打了好幾通電話過去。失主的母親正著急著，收到背包失而復得的消息，好高興。司機對著話筒說：「我可以把這趟客人載到朱崙街後，馬上回頭將背包送去愛國西路，請不用擔心。」他掛下電話後，我真心讚美他的熱心，說他是臺灣最美好的風景，他只客氣回說：「這是我們應該做的，不算什麼啦。」

他應該留名的，所以，我特別偷偷記下他的姓名，在臉書上公布這位名叫「劉明村」的可敬司機。臺灣需要這樣優質的司機和如此溫暖的新聞。

從搭計程車司機的經驗中，我發現司機裡奇人異士忒多。多年前，曾在臺北遇見一位名叫「王維」的，一路傳播樂天知命的人生哲學；一年多前，曾搭過一位滿腦袋奇思妙想的司機。我從信義路上車，交代了目的地後，就一路保持沉默。我感覺那位司機偷偷由後照鏡瞥了我好幾眼，好像想找到說話的切入點，我沒給他機會。

一直到迎向市政府的正門前，司機忍不住搭訕了：「『改變』寫得很清楚啊，不會看成『政變』吧？」那時，柯P剛入主市府，在市政府門前掛了「改變成真」條幅。既然是問號的話題，我稍稍側身看向前方，回答：「是啊！應該不至於看錯。」

話匣子一打開，像開閘的水庫，豐沛的語言傾瀉而出，於是有了以下的對話：

司機：「字寫得很漂亮，會是柯P寫的嗎？」

我：「應該不是，在報上看過他批的公文，字滿醜的。」

司機：「寫病歷應該都用英文吧？中文醜些沒關係。」

我：「是啊，政府好像有想推廣用中文寫病歷，醫生反對。」

司機：「醫生當然反對，病歷被病人看得清清楚楚，他能怎麼混？」

我：「啊！是這個原因才反對的嗎？」

……

司機：「將來連春聯都會用英文或日文寫，你看著好了。」

我：「英文春聯？恐怕不容易吧？英文字靠拼音，不容易達到中文對聯工整對仗或押韻的效果。」
司機：「這不難，以後會有辦法的，科技進步會解決這樣的問題的。」
我：「但春聯幹麼用英文或日文寫？」
司機：「英文或日文寫，一般人看不懂，才不會亂批評。」
我：「哦！這樣說也對。」
司機：「當然對！何況我們不是一直強調國際化。」
我：「說得也是！」
司機：「其實，世界進步到這個程度，以後我們都不用學習了，只需要創新。」
我：「沒有學習，能夠創新嗎？創新通常必須先有基礎知識。沒有學習，你連閱讀都沒辦法。」
司機：「那你真的落伍了！未來的時代，電腦會翻譯我們腦袋裡的想法，我們不必認字。」
我：「不必認字？那你用啥方法知道一些創新的基本原理？」

司機：「欸！我們可以使用別人的腦袋啊！科技可以把別人的腦袋輸進我們的腦子裡，我們就不用花時間學太多東西……」

我：「……哦！抱歉，誠品到了，我得進去裡頭找書看看，再想想你的話有沒有道理。」

回顧這整組對話：司機的話，強而有力，肯定句居多；作為老師的我，相形之下可就弱掉了，猶疑不定，充滿問號，我真是枉為人師。

除了搭計程車外，公車應該是最家常的交通工具。近日，有一次搭錯車的尷尬經驗。約了去錄音，臨出門，才開始找地址，一時沒找到，時間卻已迫在眉睫，只隱約記得是敦化南路和信義路交叉口附近。我收拾好，帶上手機出門。

在站牌等候公車時，我撥打電話問編輯。連撥幾通，編輯才終於接了。信義路上的公車，大多會經過敦化南路和信義路交叉口。我問過確切地址後，發現一輛公車赫然來到身旁並開了前門。我本能地踏上公車，一秒鐘後才驚覺應該要確認一下的。

我問司機：「請問這是幾號公車？」司機說：「車子前方不是寫了？671

號。」我尷尬萬分，靈機一動，立馬將眼珠子調整成恍惚直視模式，跟司機道歉並解釋：「對不起，我眼睛看起來沒啥問題，像正常人，其實是視障。上錯車了，抱歉，謝謝。我要搭信義幹線。」

然後，我直著眼珠子，慢慢轉身，步履蹣跚摸索著下了車。我瞥到司機露出抱歉與悲憫的眼神。嚴格說起來，我並沒有說謊，只是轉用了外子的說法，他總在我請他幫我辨識是洗髮精、潤絲精或藥品品名時說：「我看你根本跟瞎子沒兩樣嘛！」

下車後，我高度懷疑我這靈機一動，或許真是使用了前述那位滿嘴創意的計程車司機的腦袋。可是，我的腦袋是何時被輸入了他的想法的呀？難不成搭車當天就已經被他動了手腳了？

——原載於二〇一六年十二月二十四日《人間福報・副刊》

車上車下／上車下車

自從附近的社區被夷為平地，市政府在地上畫出一格一格的停車格後，我便將車子停回臺中的老家院子裡。開玩笑！車子光停在巷弄裡沒發動，滴滴答答地，每分鐘都得收費，光想著，我的心臟便不勝負荷地狂跳起來。

沒了車子，倒也省心，因為全心仰賴大眾運輸工具，上車、下車，車上、車下都有看不完的風景，我覺得自己變得優游自在，相較於以前只要手握上方向盤，便目光炯炯，一副打算與眾人為敵的態勢，真是不可同日而語。以下是近日的幾則觀察。

01 助理幫我贏得笑容的優惠

一日，因為要前往七堵的國中演講，請助理在網路上幫忙購票。去車站取票時，售票的女子看起來滿不開心的，臉色很壞。逢彼之怒，我嚴陣以待，免觸地雷，但注定無法倖免。

我戰戰兢兢遞過身分證，她在機器上操作過後，問：「所有車票都拿嗎？」所有車票？我還買了什麼車票？次日要去新北市的國中，不是跟助理說了會有人來接？我誠惶誠恐，虛心問：「請問我還買了去哪裡的票？」她生氣了，惡聲惡氣回說：「我怎知道！還要問你咧。」

我堆上笑容，幾乎是斜肩諂媚了。「請問是去瑞芳的嗎？」她睨了我一眼，回：「自己要去哪裡都說不出來，哼。」我真是慚愧極了。「抱歉，是助理幫忙網購的。」我說。

神奇的是，聽到「助理」買票，那位女士居然立刻收拾了餘怒，態度轉為溫和。她看了看身分證，再核對電腦資料後，很溫柔地告訴我：「是去花蓮的。」我這才恍然大悟，原來是前兩天東華大學通識中心祕書幫我預購的下星期普悠瑪車票，我得去一趟花蓮。

謝謝助理，你們的氣勢幫我贏得伊人的笑容。其實，我所謂的「助理」只是我的女兒，並不是立法院裡那些掌握權勢的立法委員的助理，如果她弄清楚只是一個窮教師的女兒，我應該不會得到笑容的優惠吧？我猜想。

02 這輛車子會轉彎嗎？

去區公所申辦了一張明確昭告世人我已年老的「臺北敬老卡」，搭公車時，會發出「逼逼逼」逼人太甚的聲音。回家時，原本可以開始使用，卻有一種莫名的抗拒感產生，彷彿只要接受了優惠，即刻會老上十歲。遂藉口疲累，招了計程車。

次日，出門搭高鐵去高雄演講，原本習慣搭公車前往火車站，卻故意東拉西扯地延挨著，等到快來不及才招計程車。從高雄回來時，再沒了藉口，外子回臺中去，女兒加班，沒人在家等候我吃晚飯，我可以慢慢來。

早上搭乘的高鐵票是預購的，還沒接受敬老優待。我決定從免費搭乘臺北市的公車起始，正式享用我的處女優惠行。下了高鐵站，覺得從車站搭到杭州南路口未免太便宜了公車處，決定要多搭兩站到永康街才下車，往麗水街吃一碗雪菜麵。下車時，三聲的「逼逼逼」竟然沒引起任何的關注，本以為司機至少會疑心如此年輕的太太是否冒用敬老卡，所以特意將身分證捏在手中備查，誰知司機竟然連頭都沒回一下！簡直是太傷人了。

回程時，僅搭兩站。快到杭州南路口時，一位太太突然往前面急急奔來，大聲詢問：「這輛車子會轉彎嗎？」沒人回答，我轉頭和這位無厘頭的太太眼神不小心交會。她又低聲問我：「這輛車會轉彎嗎？」不會轉彎的車子能開嗎？我心裡嘀咕著，卻也只能回她：「基本上，所有的車子都應該會轉彎，只是現在還不到轉彎的時候。」她看似放下心來，也可能警覺到自己的語病，不禁靦腆地笑起來。

話說我的姊夫年高九十，他從六十五歲起便堅持不用敬老卡，他說不想佔政府的便宜，聽到「逼逼逼」三聲，讓他感覺彷彿矮人一截。但我覺得，車子該轉彎的時候，還是轉彎一下吧，會轉彎的車子才是正常的，我得用平常心對應「敬老票」。

03是個好男人哪！

順利搭上高鐵，前往嘉義。多虧主辦單位周到地預買了車票和便當。我輕鬆地上車，慶幸沒有跟同行的人比鄰而坐，演講前，我須要安靜。

提著咖啡和便當上車前，還請耳聰目明的主辦先生再度幫我確認座次，16A。找到16A，取出便當、咖啡出來，三兩下下肚，車子才徐徐開動，接著取出日本作家佐野洋子新作《我可不這麼想》，一邊看一邊笑。旁邊坐著一對情侶正卿卿我我，我目不斜視。約莫過了五分鐘，忽然情侶之一推推我手臂，我抬起頭，一位婦人站在走道上問：「請問你的位置是這裡嗎？」難道連主辦單位的小夥子也被我的迷糊傳染？我趕緊掏車票，一面掏、一面喃喃自語：「難道不是16A？」兩位情侶都笑了，不約而同說：「這裡是14A。」我抬頭定睛一看，天啊！真是14A。那位婦人人真好，讓我不用搬遷，她去坐我的位置。

情侶之一的男士，很貼心地幫我解圍，說：「標示的數字太小了，不應該。」

「是個好男人哪！你要好好珍惜。」我對他的女伴如是叮嚀。

04 一種有節奏的和諧秩序存在

單獨由潭子搭乘區間火車到新烏日轉乘高鐵。可能是周日的關係，區間車內站了不少人，我擠進去，找到一個角落安身。忽然背後有人拍了拍我，見一男子指著空位讓我坐，雖然有些惆悵被看出年齡，卻又慶幸可以安穩搭乘。

坐下後，游目四顧，車廂內大大標示「請禮讓婦孺老弱」字樣。接著，我發現站著的幾乎都是男性。到臺中車站後，人潮少了些。有個小學生上來，張望著找位置。一男子急忙起身，男孩跑過頭了，男子還去追回讓座，此起彼坐，車廂內隱然一種有節奏的和諧秩序存在。

我回想起上次搭乘臺中客運時，也是如此。擠滿人的臺中公車，只要有老人或婦孺上車，無論是否是博愛坐，立即有人讓座，真的好感人。

05 痴漢被害相談所

在日本熊本搭乘電車時，坐在距離門口甚遠的座位上，發現一位少說八十餘歲、佝僂著背的白髮老太太上車後，完全沒有人讓座。坐在博愛座上的年輕學生，假裝沒看見；老太太踽踽走至我們對面，背對著我們看往窗外。女兒急忙起身讓座，老太太鞠躬了又鞠躬，方才坐下。我們好吃驚，在臺北，我從未見過這樣的事，日本人不是一向多禮嗎？那刻，我真是以身為臺北人而感到驕傲哪。

但我也發現在鹿兒島搭觀光巴士瀏覽名勝古蹟時，車上都有廣播介紹當地的歷史，坐在車上，隨著廣播東張西望，好像化身小津安二郎《東京物語》裡被兒女招待著坐巴士逛東京的老夫妻，連廣播的聲音感覺都好神似、好熟悉，這種有廣播的觀光巴士讓人不禁興起思古之幽情。

有趣的是，忽然在車站一旁的警察局看到鐵道警察隊的招牌「痴漢被害相談所」，望文生義，應該是被色狼騷擾後報案或尋求調解的地方，想必是火車內的性騷擾事件頻傳，已需要有專門處所處理。但是日文的文法跟我們真是大不相同，明明是被痴漢所害，竟然成了「痴漢被害」，好像痴漢很可憐地被殘害似的。

自從成了大眾運輸工具的愛用者後，常有機會置身陌生的人群中，眼中看去，雖不盡然都是嫵媚，卻件件都是人情義理的展現。這些近身的觀察與接觸縮短了我和旁人的距離，也讓我感覺更真切地生活著，人生彷彿又走到了另一個境界。

——原載於二〇一六年十一月七日《中華日報・副刊》

第七節高鐵車廂內

去年，我拿到敬老卡，開始享受搭車半票的優惠，既歡喜又惆悵，我很難形容那麼複雜的矛盾；而我正好也就在去年底展開偏鄉的四十餘場義講行程，密集搭乘高鐵、臺鐵，託老人福利之賜，佔了好大的便宜。

在網路上訂購了幾次高鐵票，驚奇發現座位不約而同都在七車，原以為是湊巧。其後，次數多了，才知道這是高鐵貼心的考量。第七節車廂不但有身障設施且車廂出口最接近月臺的升降電梯，將老弱婦孺及身障者集中畫位在第七、八節車廂內，對這些行動可能較為不便的人士而言，堪稱非常友善的體貼。

搭乘高鐵的次數多了，發現高鐵的服務，不只是對殘障及老弱者的陪伴、照顧極為細緻，連語音的提醒、食物的販售、車廂內的清潔，都相當即時、有效率，工作人員的訓練顯然很到位。

除了留下這些好印象外，搭高鐵還另有發現。我常常在第七節車廂內，聽到座位附近的手機通話及交談，雖然聲音不甚大，一趟車程下來也稍稍可拼湊出對談者的生平或思想脈絡。我發現退休教授的搭乘率算是相當高的，甚至曾在一個月內和四、五位退休教授比鄰而坐，稍稍有所接觸後，逐漸對退休教師的心境有了些許觀察。

一回，從左營搭高鐵北上。我習慣在車程中閱讀或評審文學獎，因為沒有旁騖，感覺最能專心。坐定後，便取出一大落文學獎的徵文稿件來看，一邊看、一邊拿筆在上頭做注記。原本三人座的中間位置是空著的，臺中站過後，上來了一位七旬左右的老先生，一坐下便閉目調息，我也兀自忙著，沒加理會。

當我在評分表上寫些簡單的評語時，忽然身邊有聲音傳來：「你也是老師嗎？」一想當然爾，他也是老師。我看了看，我的老師身分可能是在主辦單位寄來稿件的封套上曝露出來。

我們邊簡單自我介紹，邊交換名片。他是T大科學院系的退休教授，用的是十年前退休前的名片，還有學校的頭銜和地址，背面則是英文版；我的名片很簡單，一面是我的名字電話，另一面是家裡地址和伊媚兒。我告訴他，我也從國立臺北教育大學退休了，我沒加思考接著說：「我退休了，不好意思在名片上印原任教的……。」還沒說完，突然警覺到無意中做了批評，趕緊把結尾嚥下去，轉成「我原任教的學校就在貴校的對門，隔著一條辛亥路，最近正在談兩校整併的事，好像老談不攏。」

他問：「你們學校要跟哪個學校合併？」我搔搔頭，以為這是學界中人盡皆知的事，吶吶的回答：「不是跟你們T大嗎？」他笑起來說：「不可能的啦！整併沒那麼容易。每個學校都有各自的盤算，T大那麼大，怎麼會……」他話還沒說完，我插嘴：「是啊！我們學校的老師跟校友也有許多不喜歡的，整併了，老校友都沒母校了。」雖然，我急急插嘴有幾分是針對這位教授不經意的那一抹輕蔑的笑來的，但說實話，我從來沒喜歡過這個主意，當然，喜不喜歡無關宏旨，我這只是小人物的心聲。

這位教授開始談他的行程，他去霧峰的某政府單位評選案子，他還掏出公文給我看邀請公文上他的名字；然後，不知怎的，他談起他的風光往事：那些政要曾是他的學生；他曾是前總統的座上嘉賓；在某次聚會中，前總統還可以叫出他的名字……我木木看著他，從他臉上彎曲的溝渠裡彷彿看到對過往歲月的諸多憑弔與惆悵。

到站了，他起身往前走後，還回頭跟我驕傲地補充：「我三個孩子都在國外。」我也不假思索回答：「啊，我兩個小孩都在身邊。」旋即覺得自己挺無聊的，這是較勁大會嗎？

另一回，應邀去嘉義的大學演講，仍舊搭乘高鐵。到板橋時，我稍稍整理了行李，學校送了一包有機米、一罐清潔劑、一個加框有盒的感謝狀，另有兩本各厚達四百多頁的書，實在太重了。我發現其中一本書已經看過了，便將那本書放進前方網袋內，想讓它另結緣分。

坐在旁邊的一位男士看到了，問我何不帶走。我說明後，他說能不能翻閱一下？接著表示想帶回去看，我自然欣然允諾。裡頭節錄了或詩或文共三百六十五篇，他闔上書後，開始找我大聲說話，說臺灣人不知寶，中華文化就是因為日本人統治被殘害。如今的臺灣人只是崇洋，誤以為西方的科學就比中國的文學厲害。

「如今呢！巴黎遇害，科學有啥用！救得了他們嗎？文化……」他比手畫腳放言高論，我認真追隨並整理他的言論，卻不得要領。在某一個頓號間，我搶問他：「您研究文化？」他說：「不！退休前我是電機教授。」我不自覺宣示主權：「我學的是中國文學。」他沒理我，接著說：「你們就是覺得電機比文學厲害嘛！是不是？以為……」我強勢打斷他的話：「對不起，我從來不覺得電機就比文學厲害。」他愣了半秒鐘，接著說：「你不是，但大部分的人都是吧！」我笑笑沒說話。

他不管，依然高談闊論，我抓到幾個關鍵字「我在史丹佛大學教書時，看到李遠哲……」「臺灣人太缺乏自信……」「母系社會……這個問題完全是女人搞出來的……」然後是：「我太太若知道我在高鐵上跟你說話，一定又要罵我亂蓋，無聊。」

臺北站終於到了，我莫名其妙被轟炸了幾分鐘。因為他的聲量大，大家起身後，都往我們的方向看過來；我也立起身，找了個他的語言空隙，帶著微笑跟他說：「你太太是對的，也是睿智的，如果我家的男人跟你一樣，我也不放心。」

講完，快步走到他前頭，我彷彿還聽到他在身後掙扎著說：「女人最愚蠢，想控制男人，殊不知……」我下車疾步走開。

還有一回南下高雄，從新竹站上來一位穿格裝上衣的老先生，就坐我身邊。落座後，他先取出手機打電話：「我已經坐上車子了。」對方的聲音從話筒裡流出，聲音恭謹：「我知道了，教授小心，再見。」我心裡想，老師去看學生吶，真好。

老先生謹慎地收回手機，接著從黑色包裡取出一個鮮紅的紅包袋，抽出其中的鈔票數著。我不自覺在心裡跟著數：「一、二、三、……」總共十二張，一萬兩千元。接著，他再把鈔票塞回袋內，從表情看不出滿意否。我心裡想著：「必然是一位受敬重的老師吧？」我羨慕著，當我像他一般老的時候，會有學生這樣對待我嗎？

他的手機又響起，是相當特別的來電鈴聲：「來迎接旅客的朋友，從北京來的飛機就要……」他接起電話，慢條斯理說：「我的車子一點三十六分到左營……」沒結束，車子過隧道，訊息中斷。無數個隧道接踵而至，他的手機不停地在各個隧道與隧道之間的縫隙響著。他不為所動，不接。我正替他心焦吶，他往窗外探望，暫時是一片平疇了，他才好整以暇接了，電話中的男子說：「爸，我一點四十分在老地方接您。」

好理性淡定的老人家，他不跟隧道比賽速度，不作無謂的匆忙。我不禁又想著：等我跟他一樣的年紀時，我的兒女會不會跟他的兒子一般有耐性、有孝心的對待我啊？

我攤開的書仍留在同一頁，但老先生已安穩地勾著頭睡著了。

滄海桑田，在高鐵車廂內的交談中聽得最分明。退休後，有人兀自耽溺在往日的輝煌中，不願直視眼前；有人自始至終執拗堅持某些信念，不肯稍作改變；有人怡然的享受著晚輩的孝敬憐惜，過著優游的新生活。在第七節高鐵車廂內，我彷彿看到老人時代施施然前來，但退休老人的性格、所處環境各異，晚境看來真是大不同。而我也退休了，看著別人、想著自己，不免常反省：「我自己是屬於哪一類的退休族？」

——原載於二〇一六年九月六日《中國時報・人間副刊》

陪病者

女兒車禍送醫，進入臺大病房，等候開刀。健保房，一間有三床病患，我們運氣不錯，床位靠窗，有一面好大的天空，還算寬敞。住院幾天，中間的第二床一直沒人入住，靠門的第一床倒換了一次病人。

剛進病房時，健保房的三個床位，第一床已有一名老人歪躺著，沉默著，面露難受的表情，陪病的兩人正在聊天。先我進入病房的外子及女兒，已經透過一個鐘頭旁聽陪病者的對談內容，歸納出病患次日即將出院的重點。

外子在我來到後，回家休息去了，他謹守「不必兩人同做一件事」的處事原則。安靜的午後，我和躺在病床上的女兒坐對著滑手機。忽然聽到第一床的陪病者好像說：「安東尼奧尼《失敗者》……《春光乍現》……奇士勞斯基的《十誡》裡的〈生命之歌〉………」，聲音斷斷續續聽不大清楚，但在午後的病房內耳聞義大利的「安東尼奧尼」和波蘭的「奇士勞斯基」兩大名導的名字，母女倆不約而同露出驚訝的表情，我翹起拇指稱讚，嘴巴做出無聲的口型：「奇士勞斯基欸！」

忍不住好奇，我假裝上洗手間，偷覷一下在病房內高談經典電影的是何方神聖。不過是一位長相平凡的歐吉桑罷了！但他前方坐著的壯年男子倒是挺拔俊俏得很，只是都沒聽他插嘴或對應，看來對電影話題不怎麼熟悉，只能悶坐著聽講。患者年高，眉頭緊皺；據談話內容判斷，俊男是患者的兒子，對談的人身分不詳，老病患一逕保持沉默，應該是在努力忍耐傷口的疼痛。

半個鐘頭後，那位高談電影的人走了，對座的男子於是開始狂打電話。每一句話的尾端都像機器一樣加掛一句「你懂我的意思吧？」彷彿要從方才對談中的挫敗裡另闢出康莊大道來：「我也是條漢子哪！別以為我只能低聲下氣。」我從語氣中翻譯出這樣的心聲。

我在家負責翻譯沉默的外子講了一半或未曾說出口的話；出門喜歡觀察眾生相，走在路上、進到職場，一邊觀看、一邊在心裡為他們的無聲配音，從表情動作，從談吐和聲腔，揣想著屬於他們的故事。

拿熱水瓶去灌水時，按了茶水間的熱水按鈕，熱水老不出來，旁邊一名看似熟門熟路的婦人很熱心地幫忙解鎖後，又熱心地幫忙按溫水鍵。我急說：「我要熱水，不要溫水。」眼看瓶裡的水都要滿了，婦人說：「很熱的，不然你試試看。」她努努嘴示意我用手試試溫度。我一急，真拿手指往流出的水摸去，「一點也不熱。」我說。婦人訕訕然說：「久不用都忘了。」我附和著：「東西久不用是會忘。」我將溫水倒掉，重新來過。

回病房途中，忽然想起，萬一是滾燙的水，我那樣一試，豈不指頭都燙熟了！

次日早上，第一床的老人由女兒扶著出院去了；午後三點左右，來了新患者。是一位高齡的老阿嬤，由三位家人圍繞著推進病房。

三位年紀約莫四十餘歲的家人，像捧著珍貴的寶貝似的，把阿嬤扶上床。一位婦人動作迅速，放下手中的包袱，隨即仔細用酒精擦拭所有桌椅；另一位接續將行李一一放進櫃上、櫥內，唯一的男士則在兩位婦人的清潔工作中閃過來、閃過去地陪著老阿嬤說話。

我坐在窗前打電腦，女兒睡著了。那三人操著奇怪口音的言語，護士來詢問相關資料時，問老阿嬤是說什麼話的，三人齊說：「臺灣話。」可老阿嬤顯然重聽，護士提高嗓門，她還是沒能聽懂，由三媳婦、八女兒和姪孫子負責補充說明，當然這些稱謂也是聽護士問出來的。

我仔細聽著老阿嬤的病史，糖尿病、高血壓，年初的時候眼睛曾在緬甸開白內障，幾年前曾有一回因為腎臟出問題住院，一九九七年在緬甸裝置人工髖關節，這回是因為人工髖關節使用太久，開始不舒服而來開刀換新的。客倌必然驚豔於我的記憶力，其實不必，因為半個鐘頭內我總共聽過四次的複述，包括麻醉師、護士、住院醫生和開刀的醫師。

那位媳婦好盡心，醫生問血壓，她取出血壓紀錄表；醫生問血糖，她立刻拿出血糖紀錄；醫生問上次人工髖關節的置放時間及開始感覺不舒服的日子，都難不倒她，回答得又快又肯定。（這人適合參加益智搶答遊戲）她還跟護士多要一床被子，護士說得多加一百元，她說沒問題：「我媽比較怕冷。」

為了敦親睦鄰，我在幫忙女兒沐浴過後、渾身濕淋淋的狀況下，和他們打了招呼：「抱歉！雖然盡量謹慎，但洗過澡的浴室仍然有些濕滑，請進去時格外小心。」三人齊齊站起身，客氣地說：「打擾了。」經過寒暄後，才知是長期客居緬甸的金門人。

沒了牙齒的老阿嬤正好胃口地吃著點心，看到我走過去，興奮地跟我說她八十七歲了，她舉起手比三，說「再差……」有點結巴，我幫她說：「差三年就九十歲。」她沒聽到，繼續說：「差三個月就八十八歲。」說完，笑得好開心。

護士進來問：「有換髖關節後的復健須知影片，你們需要看嗎？」媳婦和女兒齊聲說：「要。」媳婦還感謝地補充說明：「太好了，在緬甸裝人工髖關節時都沒讓我們看。」護士推出移動式電視，我走過時，看見三個人目不轉睛地仔細看著，不時還討論著。

這位阿嬤好幸福，似乎被所有的家人當寶貝一樣的疼愛著。不知怎的，我居然也感覺幸福了起來。

——原載於二〇一六年九月十二日《中華日報・副刊》

看醫生

和外子相偕去看病。感冒真是可怕，傳染無一倖免。兩個小孫女在前兩個禮拜傳染給外子，我才譏笑他體弱，沒料到不旋踵間，也中鏢了。

本來在一般內科掛號，醫生聽說感冒之外，還要拿安眠藥。立刻吩咐護士，幫我轉去神經內科，然後對我說：「讓神經內科開感冒藥給你，不用掛兩科，浪費錢，我這一科不能開安眠藥。」

他將病歷還給護士前，看了一眼，抬頭問：「你是那位作家嗎？」我急急把口罩拉寬一些，把臉遮嚴了點兒，駭笑著稱是，慌慌逃命去。沒有化妝就算了，衣著也隨興，邋裡邋遢的，能見人嗎！

接著，在神經內科醫生前坐下，醫生問：「你的問題是什麼？」我挑重點先說：「我要拿安眠藥，另外，好像感冒了。」醫生瞧了病歷，眼睛瞥到姓名，抬起頭問：「你不會就是那位作家吧？」我實實嚇了一跳，這醫院的醫師怎的？都是文青嗎？

我又將口罩往上拉些，恨不能連腫腫的眼泡都遮住，這麼狼狽的樣子，被讀者看見真尷尬。醫生將原本按在鍵盤上的手環放肚子上，輕鬆地說：「安眠藥是你們這種行業的宿命吧！你說，要我怎麼幫你呢？」我吶吶的，一時不知如何回覆。我只是因為感冒來看病並例行取藥而已，並沒期待得到看病跟拿安眠藥之外的協助。

既然他都這麼說了，那麼就請他幫我開個連續處方箋吧！我有時南下老家，在臺中的醫院取藥；有時留在臺北，便就近在這所醫院，常常兩邊的醫生都不肯開連續處方箋給我，說是管制藥，沒有連續看病幾次，無法開列。

醫生看來並不在意我的取藥問題，他微笑著問：「你晚上都幾點睡覺？」我不好意思告訴他今早凌晨四點多才睡下，粉飾太平地挑稍稍正常些的說：「兩點左右。」他做出很理解的表情說：「像你們這種行業的，大概晚上特別文思泉湧吧！腦子一啟動，就不容易停下來。」他頓了頓說：「我看失眠是你們這些作家的通病，要離開安眠藥可能不容易。」

他忽然轉而問：「如果不寫會怎樣？」沒料到有此一問，我囁嚅著：「沒寫就感覺……感覺好像小時候沒做功課，眼看就要挨打了。」他笑起來說：「這感覺還真特別。」他接著窮追不捨：「那你打算寫到幾歲？你能寫到幾歲？」說到這，我可不服氣了，我辯稱：「能寫到幾歲我不知道，但人家王鼎鈞先生今年九十二歲，還寫得好得不得了。」話是這麼說，可我心裡其實不敢這麼想。

他長嘆了口氣，用遺憾的口吻說：「人生有得有捨，如果你不能捨，一定要寫，也就只能這樣了。」他幫我悲觀地做結論。我想辯白：「我壓根兒沒想到『得』些什麼，只是喜歡寫，順性而為。」我懷疑他所說的「得」，指的是名氣或利益；如果真是這樣，目前，稿費這麼低，作家這麼多，作家「得」的真不多，「捨」的卻不少，包括睡眠或健康。顯然我們兩人認定的「得」跟「捨」有滿大的出入。

為了挽救他的悲觀，我振作起來自我催眠：「其實，有一陣子孫女來跟我們住，我幾乎就不用安眠藥了。生活規律，早睡早起，每日疲累不堪，倒頭就睡死過去。」醫生也興奮起來說：「那你是不為也，非不能也。你雖然缺乏主動的能力，但可以接受被動的改變，像你這樣的人，這也算是優點。你就讓孫女過來跟你們住吧！」

怎麼？我的優點居然是「缺乏主動的能力，可以接受被動的改變」！這能算是優點嗎？而若真的接受他的建議，讓孫女來長住久居，我還有時間寫作嗎？我目前唯一的「得」，不就真的要泡湯了嗎？

接著，醫生開始跟我談作品，他準確說出了我的一些文章，包括寫母親的《後來》，還有近期的每篇專欄，我慶幸他沒有把我誤認為廖輝英、陳幸蕙或陳玉慧。然後，他忽然像記者採訪一樣，直起身軀，鄭重其事問我：「你認為你的代表作是哪一本？為什麼？」我想著外頭有許多患者還等著就醫，幾乎坐立難安了。不過，無論如何，他總算對「這種行業」的我充滿悲憫，我拿到連續處方箋了。踏出診間前，醫生很驕傲地說：「你應該不會認為我們做醫生的都不看書吧？」

我拿著處方箋去繳費，繳費處的那位櫃檯小姐，不等我遞出處方箋，一點不遲疑地高聲叫出我的名字。我驚訝地看她，她說：「我認得出你的樣子，你先前寫的孫女文章，我好愛看；更早以前的寫媽媽的文章，我也……」

我來到了一所富文學氣息的醫院，回家的途中，藥都還沒吃哪，就感覺病情好像已經好多了。

接下來的某一天，我遇到老友，不免相互問候一下身體狀況，我無奈提及手麻宿疾。他說，他本來也手麻，遇到一位神奇中醫，吃了兩三個月的中藥就好了。我這位朋友相當可靠，不是愛吹牛的人，很得我們的信任。既然他說被治好，我當然樂意一試。

醫生真是奇人，我還沒開口，他按脈兩秒鐘後，即刻診斷出：「你睡眠不好。」我心裡想：「應該是從我惺忪的雙眼就能看出，不稀奇。」忍不住辯稱：「還好吧，我只吃一點點安眠藥。」

醫生不以為然，恐嚇我：「吃安眠藥還好？到時候你就知道，全身僵直像木頭人！」接著又說出第二個毛病：「腸胃不佳。」我又想：「這年紀，每人或多或少都有腸胃方面的問題吧？」

接著他鐵口直斷：「你肩頸緊張，常腰痠背痛。」我又想：「這應該也是所有求診者的通病吧？」

然後，他問我：「除此之外，還有什麼問題？」

我說：「眼睛乾澀。」醫生簡短評論：「睡眠不好，眼睛怎能不乾澀！」

我說：「眼皮或皮膚經常癢癢的。」醫生回嗆：「再塗化妝品吧！整張臉爛掉都會哦。」

我欲辯無言，原本想說：「人家歌星、影星整張臉塗得像刷牆壁都沒事，憑什麼我只淡抹一點點粉，就這樣！」想想，就忍住了，怕他看我伶牙利嘴，等會兒在藥材裡下啞方。

拿了一大包藥材，回到家。吃過午餐後，累翻了，破例在沙發上睡著了。三點約了朋友在附近的木瓜牛奶店見面，兩點多被外子叫醒，匆匆赴會。四點多回到家，仍舊疲困欲死，眼皮一直不聽話的垂下。我躺床上，懨懨然跟外子說：「這醫生真厲害啊，才按了兩秒鐘的脈搏，都還沒吃藥哪，失眠的毛病就不藥而癒了。」話沒說完，又陣亡了。

迷迷糊糊中，聽到女兒對爸爸說：「媽媽今天早上好像忘了喝咖啡，難怪累成這樣。」

醒來，我才想起我是去看手麻的，怎麼忘了說重點啊！真是。看來，厲害的是咖啡，不是醫生。

第二個星期，我進了診間，醫生問：「怎麼樣，情況有沒有好些？」

我克服一貫的懦弱，態度謙卑卻勇敢回答：「好像沒有特別的感覺。」

醫生伸出手，示意把脈。為防手表規律的跳動被當成脈搏，我趕緊將戴在左手的手表取下。醫生凌空把脈似的在我的手肘上一點（絕對不到一秒），跟我說：「怎麼會沒感覺，脈象都變了，你都沒感覺？」

我誠懇卻堅定地回說：「真的沒特別的感覺。」

「乾眼症沒好一些？」

「好像沒有。」我忽然想起，急忙補充：「可我最重要的問題並不是乾眼症，我是來治療手麻的。」

醫生認真地跟我說：「那乾眼症不管囉！這次只給吃手麻腰痠背痛的藥。手麻的問題簡單。」

「就請管手麻腰痠背痛的藥！乾眼症先不管。」說完，眼睛提醒我似的驀然乾澀起來。

不管啦！先來後到，要守住醫療倫理，嚴重的先來。我的手麻只差沒被外科醫生強制送去開刀了，他居然說手麻的治療簡單，我無端被「手麻的問題簡單」這句話所感動，又衝去掛下次的門診，介紹我來的朋友說他被治好了：「只是需要時間和恆心」，我不想半途而廢。

就這樣一個又一個星期下去，每次醫生都說比上次好許多，每個星期都拿好大一袋的藥材回家熬煮，幾個月後，我仍心存一線希望，依往例到神醫處取藥。醫生說：「如何？吃完上帖藥有沒有感覺好些？」我覺得好對不起他，赧然回說：「沒有感覺有好些捏！」醫生說：「既然如此，恐怕真是無效咧！」連醫生都投降了，我只好怏怏然空手回返。

此事還真有先兆，那次問診的前幾天，熬煮中藥的啞巴媳婦無端裂了一長縫，難道它是預告我不必再麻煩它了？

——原載於二〇一六年十月一日《文訊》

今夏最神奇的邂逅

01 神奇的邂逅

雨聲淅瀝中，彷彿聽到電鈴聲響。外子怕來人被雨淋，不暇細問，趕緊按開大門。我跟著打開紗門、穿上拖鞋，出外察看。一位騎著摩托車的女人，約莫五十歲左右，正從門外向內張望。

「阿勇仔是住佇這否？（阿勇是住在這裡嗎？）」阿勇仔？我在腦海裡搜索，回頭用眼神問外子。

「阮叨（我們家）無叫『阿勇仔』的人，汝恐驚係找毋著所在囉！（你恐怕找錯地方了）」外子說。

「不是模範街二十一號嗎？」女人納悶地問。

「是二十一號沒錯，但是，這內底無阿勇仔。（屋內並無阿勇）」外子補充說明。

「哦！哪會安捏！（怎會這樣！）要無，阿勇仔係住佇佗位？（不然，阿勇是住哪裡？）」

「我也毋知。（我也不知）」我啼笑皆非，只差沒跟她道歉，我真的不知道哇。她東看看、西瞧瞧，想了又想，終於死心。

「歹勢！我可能揣毋對所在。（找錯地方）我本來欲送一些自己種的菜予阿勇仔 in 媽媽（阿勇他媽媽），這陣，既然揣毋著伊，就送予你一粒瓠仔。」說著，解下一個塑膠袋，裡頭有一個好大的瓠瓜。我推辭不果，只好稱謝收下。

於是，她開始推心置腹，說是原本摘了些菜，騎車從臺中送去豐原妹妹家；沒料到妹妹和妹夫出門去了；只好回頭到預計的第二站——潭子的阿勇仔家。這下子連阿勇仔也找不著了。我問她以前來過嗎？怎會找不到。她說阿勇仔上個月搬家，給了新地址，她一路尋了過來。說著，又把摩托車上掛著的另幾個袋子一併解下，說：「規氣攏總送予恁！（乾脆全部送給你們。）自己種的，穲穲仔，汝莫棄嫌。（你別嫌棄）」

天啊！無緣無故的，天外飛來一批菜。她都這樣說了，我若不收，不就是棄嫌了嗎！我看看表，十二點整。這婦人這時刻找阿勇的媽媽，必然是預備在阿勇家吃午餐的。「不然，就規氣（乾脆）進來吃個簡單的便飯吧！」我說。

雨勢忽焉轉急，乒乒乓乓的，滂沱直下。她急了！說不用；我說：「抑無，就請入來避避雨吧！」她誓死不肯，說帶了雨衣的，不用勞煩。然後，熄火，找雨衣、穿上，發動摩托車，惟恐被我留下般逃竄，我從後方急急追上一句話：「雨足大，開車較細膩咧（小心）！」回到廚房，打開所有塑膠袋。計得：瓠瓜兩個、西洋生菜五株、小黃瓜三條、秋葵二十餘條和一小臉盆的四季豆，足夠我吃到五月底了。

雨中即景，堪稱今夏最神奇的邂逅。

02 阿嬤陪汝去

夜裡的公保中心候診室內，人少少的，燈卻是亮晃晃的。一位婦人手裡捧著兩個便當，領著一個高中階段的女兒和一位被女兒稱為阿嬤的老婦人進來。三人就座後，婦人將手上的便當遞一個給女兒，另一個遞給老婦。

老太太說：「我袂枵（不餓），你食。」

婦人堅持：「你食啦。」

「我食未落（吃不下），你呷。我這陣飫飫！食袂落。」（我吃不下，你吃，現在感覺很膩）老太太說完，忙不迭起身走出去。

婦人嘀咕：「又說不吃！每次都這樣。」

含著滿嘴飯的女兒語焉不詳的回嘴：「你買兩個便當，她當然不吃；你若買三個便當，她自然吃。」婦人捧著便當，發呆，我心裡一動。

女兒和老太太相繼進到診間，出來後，阿嬤問孫女：「我聽講你九月就欲去南部讀冊，到時，你媽媽若要上班無時間陪你去，阿嬤陪。」

孫女說：「阿嬤！免啦！我坐火車家己（自己）去就好。」

阿嬤說：「我來叫恁阿舅開車送咱。」

孫女轉頭朝她媽媽說：「阿嬤講要找舅舅開車送我去學校，咱不是坐火車去就會使（可以）？」

婦人說：「行李一大堆，係要安怎坐火車，請恁阿舅開車吧！」（由是推定老太太是婦人的娘家媽媽）

老太太環抱孫女，攏攏孫女的肩膀，跟婦人說：「你若無閒，我陪阮孫去著會使（就可以）！」接著，婦人跟女兒和老太太要診療單，女兒說：「等會兒看完另一診再一起去結帳吧！」老太太也不給，她握住孫女的手，說：「這係阮孫捏！等一下，我來替伊付錢。」

聽在耳裡、看在眼中，我的眼眶慢慢紅了起來，我不由得想起我的媽媽。

03 計程車司機的話

前些天去和平西路時報出版社洽談版權，在回程的計程車上，一路無語。至中華、桂林路口等候紅燈時，司機按捺不住，回頭跟我說：「你願不願意讓我跟你分享一下健康的理念？」

如果按照我的直覺，應該直接回說：「我不想。」但作為老師的我不習慣這樣的表態方式，反倒笑著回說：「好哇！」（好虛偽的文明人啊！）司機得到正面的應允，開始滔滔敘說他如何轉危為安的經歷。摘要說明就是：吃善存讓他和上國中的兒子的過敏性皮膚炎在兩星期內症狀緩解甚至痊癒，吃番薯讓他的身上腫瘤在短時間內逐漸消失。

車子由桂林路穿越中華路、走愛國東路、轉杭州南路到我家巷口，時間不到八分鐘，當然無法讓他暢所欲言。於是，他將車子停在巷口，就在車內，開著冷氣跟我又整整勸說了十五分鐘，為了徵信，還撩起上衣讓我看他腹部上留下的腫瘤遺跡。總結論是：「多吃番薯、善存和深海魚油準沒錯。」

「等等！」當我跟女兒實況轉播到這裡時，女兒忽然插嘴：

「請問後來那十五分鐘有計入車資當中嗎？是你出的錢還是算司機的？」

是啊！怎麼我完全沒注意到這個問題！真是個務實的女兒啊！

神奇的是，當時我在心裡嗤之以鼻的司機的言語，經過幾日後，卻逐漸在心裡發酵、膨脹。聽說兒子即將去紐約出差的第一個反應，竟然是跟兒子要求：

「請幫我買一罐銀髮善存和深海魚油！你常過敏，也請為自己買罐善存吃吃看吧！」然後，轉身跟外子說：「以後早餐就買些番薯來吃吧！」

我相信一位司機有關保健的忠言，只因為他沒當場取出推銷的藥品但掏出了痊癒後的腫瘤痕跡，是不是有些荒謬？

04 不是冤家

中午，在京王廣場飯店集合搭乘「利木津」巴士到機場。上車後，找了個第二排座位坐下，車子還沒開動，就發現前排座位上一位神似阿輝伯的老阿公跟太太老阿嬤開始拌嘴。

嬤：「啊咱彼个裝迌迌物仔的彼个塑膠袋仔囥佇佗位？」（我們那個裝玩具的塑膠袋放在哪裡？）

公：「啊你家己毋是收佇大跤皮箱內底，才偌久爾！就袂記得。烏白番！」（你自己不是收在大皮箱裡頭，才多久，就忘記！真亂來。）

嬤：「啊問一下，是會按怎！這个人實在足無量的。」（問一下會怎樣，怎麼那麼沒肚量！）

過兩分鐘，阿公想是後悔太粗魯，沒話找話說的問阿嬤：

公：「啊彼个……咱彼个護照有佇咧無？」（我們的護照在嗎？）

嬤：「有啦！免閣唸矣啦！予我拜託一下！家己著愛愛惜家己，毋通按呢假鬼假怪！」（有啊！別再碎碎念，給我拜託一下。自己就該疼惜自己，不要沒事裝神弄鬼）

又過一分鐘，阿嬤也許覺得自己剛才太嚴厲，開始釋放善意，變得溫柔：

嬤：「你坐佇頭前，安全帶著愛結咧呢，愛我共你結無？」（你坐前面，安全帶得繫起來，要我幫你繫嗎？）

公：「啊免啦！阮家己敢就袂曉，著愛你按呢假細膩！」（不用！我自己又不是不會繫，要你獻殷勤！）

又過三分鐘，阿公有點後悔，細聲問阿嬤：

公：「你敢是會眩車，敢有食眩車藥仔？」（你不是會暈車，有吃暈車藥嗎？）

嬤：「你做你的啦，我做我的啦，咱田無溝，水無流，你莫管我！從今以後，我嘛莫睬你！」（你做你的，我做我的，田無溝，水無流，你不要管我，從今以後，我也不睬你！）

天啊！這對老夫妻是怎樣！互相嘔氣、求合、負氣、示好……就要這樣——以一種奇異的節奏感共度餘生嗎？

旅行的疲累逐漸追逐我，我打了個盹兒。醒來，彷彿聽到以下的對話。

嬤：「咱這擺後來無去買皮包，啊錢包咧？」（我們這回後來沒去買皮包，那錢包在哪裡？）

公：「啊錢包！我毋是提予你保管！這陣閣來亂！你實在番袂了！」（錢包！我不是拿給你保管了，這下子又來亂，你實在沒完沒了！）

可憐的老夫婦，整個途程一定備嘗辛勞！光是找東西就夠瞧了！

最後見到這對老夫婦，是在東京的華航櫃臺。阿公用著流利的日語跟地勤小姐溝通後，可能為了要在漂亮的小姐面前展示紳士風度，用著非常溫柔的語氣回頭跟阿嬤請教：

「啊！伊講咱的位是畫佇中央彼排，按呢，敢會使得？」（她說我們的位置在中間那排，這樣可以嗎？）

阿嬤沒好氣地回答：

「我哪有啥物問題，坐佇佗位攏嘛無要緊，厚屎的人是你，你無問題我就無問題！」（我哪有什麼問題！哪個位置都沒關係，麻煩的人是你，你若沒問題就一切都沒問題。）

原載二〇一三年八月六日《中華日報・副刊》

人情依舊在，丰采漸次來

我在板橋成家，雖然只住過一年，但它對我的意義重大，很多人生重要的轉折都在此地發端。

婚前，我除了在《幼獅文藝》擔任編輯外，還在東吳大學讀碩士班。為了工作及讀書方便，我在臺北市延平南路東吳大學城區部旁賃屋而居。

和外子訂婚後，兩人為了居處傷透腦筋，最後決定採用折衷方案。外子任職桃園的中科院，我習慣住在臺北市，兩人一南一北各往對方走幾步，就選在臺北縣板橋住下來。除了各讓一步的考量，另一個重要的原因是最疼愛我的二哥、二嫂就住在板橋，當時，我們不知從何著手，就請二哥全權處理。二哥住在雙十路，花了不少精神和時間幫我找到位於他家不遠處的宏國路樓房，以便就近照料。

當時的臺北縣算邊陲，整個城市煙塵不斷。搬進去後，我日日為了維持整潔費盡心思，吸塵器和抹布成天不離手，但就算緊閉門窗，屋裡的地板一到黃昏，還是可以掃出好幾盆的泥灰。

附近總有工程正在進行，怪手、機具兵臨城下是常事；流動攤販往往進駐騎樓，就地推出音響、接上喇叭，不旋踵間就人群蟻聚，操著流利閩南語的阿伯或叔叔就開始用麥克風放送，賣起各色藥品或歌唱錄音帶；另外，常常在書房裡看書、寫作，看著、寫著，歌仔戲的鑼鼓點就從稻田那頭的宅院中遠遠傳送過來。雖然整個板橋的環境看似喧囂、雜亂、灰敗，但其實人情味十足，另有一種引人的常民文化親切感。

我剛搬家那日，在樓梯的轉角遇見女房東。她一聽說我們即將結婚，隨即表示希望得到一張喜貼，熱情地期待能參與我們的歡喜。還沒進到屋裡，先在大門口看到一座水牛拖車木雕，女房東看我們流露欣喜，說：「這是一位朋友送的作品，阮對藝術外行，但是聽人講伊的作品袂穤。你若是佮意，會當提入去欣賞，但這是禮物，歹勢送予你，等恁無要繼續稅厝的時，才還阮。」我們喜孜孜搬進房裡細細觀賞研究，後來證實是朱銘的木雕。那年（一九七七），朱銘在日本首次舉行海外個展，那座木雕真的就一直在我們家裡待了一整年。退房時，我們慎重奉還，並跟房東道謝，感謝她讓這尊賞心悅目的木雕陪我們度過美好的晨昏。

婚前，為了全力衝刺論文，我辭掉《幼獅》的編輯工作。婚後，碩士班的同班同學張少真，每天準時從她居住的新莊轉車到我們的新家，跟我一起寫論文。她帶著便當來，我也在前一晚做兩個便當，一個讓外子帶去桃園上班，一個留給自己中午享用。我們各自攤了一桌子、甚至一地的雜亂：書本、影印來的資料、自己抄錄的小卡片……埋頭爬梳條理，照應結構，緊守不多話的原則。十一點半一到，將冰箱裡的兩個便當放到大同電鍋裡蒸，十二點準時吃飯，因為嚴守紀律，效率奇佳。

少真比我小兩歲，我們除了是碩士班同學外，還曾一起擔任學校的助教，氣味相投。我打小不知如何結交朋友，和她倒很自然地建立了好交情。在論文寫作的最後階段，我們相約彼此督促，為對方解疑並提供意見。最純真的友誼，就在板橋書房內的切磋與廚房裡蒸騰的飯香中一點一滴累積。

論文終於完成，兩人一起穿戴碩士衣帽上臺領取畢業證書，感覺甜美安適。雖然其後各奔東西，我深具信心，她不會忘記這段患難與共的情誼，就像我不會遺忘這些美麗的記憶。自小，我就一直為追尋純真友情不可得而苦惱，沒料到在這書房的一方陽光中，我首度成功經營了美好的人際關係，論文的寫作更為我終生的研究及教學生涯墊下了安穩的基石。

俗語說「百無一用是書生」，真是有道理。跟二哥、二嫂住得近，我們這兩個書呆子佔了好多的便宜。房子的種種疑難雜症：水龍頭鬆了、門縫灌風進來、窗簾遮陽性不夠……多虧有二哥幫忙整理修繕，他是我們無償且隨請隨到的水電師傅；當時我們還沒買車，回臺中探視父母，也都勞煩二哥開車載送；更甚者，逢年過節宰殺魚肉，祭拜完祖先，二嫂總把最好吃的留給我們，她自家的孩子沒有雞腿吃，雞腿是我這做姑姑的專利，二嫂都預先剁下，包起來讓我提回去當晚上的宵夜。親情的溫慰，在遠離故鄉的異鄉中熠熠發光，兄嫂為新婚的我們示範了原生家庭開枝散葉後猶然緊密提攜的意義。

婚後三個月，正逢元宵節，聽說龍山寺裡花燈如畫，前去許願的男女絡繹於途，外子和我也湊趣地攜手前往龍山寺看燈會。誰知，人潮果然如織，擠得水洩不通。我們在人潮外圍觀望，決定不湊熱鬧，便乘著月色散步回家，沿途且聊且歌，也挺浪漫。走到華江橋邊一抬眼，居然看到橋上有個男人雙手掩面疾行，明顯看出指縫間鮮血直往外滲。

外子飛奔上橋，將男人扶到橋下，請我照看著；然後，他跑得跟飛似的四下尋找電話亭，最後在附近的警察局報了案。我獨自陪在一位滿臉是血的男人身邊，不知該給予怎樣的協助，深怕一不小心碰著他，會要了他的命。哆哆嗦嗦的，直等到外子氣喘吁吁回來，我還渾身抖個不停。

救護車終於在千盼萬盼中閃著燈光前來，兩位年輕的警察下了車，看了一眼，只說了句：「唉！又喝酒了？」便將那位男子合力抬起，然後喊：「一二三」，毫不憐惜地把他丟進車裡。後來，聽外子轉述，他方才匆忙上了橋，看見男人身旁有一輛倒地的腳踏車，不遠處還有一隻被汽車壓扁的燒鴨，想來是騎車上路的醉漢，不勝酒力，醉倒路邊。燒鴨甩出去被車子輾了，他自己是酒醉跌傷抑或被車子撞翻已不可考，但從警察口中得知，傷者原是位酒醉的慣犯。

這事引發我的再三沉吟，凡事表象和內裡總存在著某種程度的距離，此事最能印證。當警察乍然將他丟進車內時，我著實嚇了一跳，心裡嘀咕著：「就不能溫柔些麼？」但繼之一想，這傢伙可能一而再、再而三喝酒鬧事，給警察不知添了多少麻煩。頭破血流對他而言也許是再尋常不過的事，我們能期待煩不勝煩的警察對他付出多少溫柔？幸運的是那年十二月，我們喜獲麟兒，家人咸認是老天爺嘉許那夜我們奮勇救人而賞賜的至高恩典。

住到板橋滿一年後，我們展開一連串的遷徙，由板橋而龍潭、而中壢、而臺北市，在北臺灣繞了一圈，雖然沒有重新落腳板橋，但千絲萬縷總斷不開，幾十年後，我又因為工作需求，跟板橋搭上了線。這次重新回首，真是大大驚豔！板橋已徹底改頭換面成高樓大廈林立的大都會，不復當年凌亂灰飛面貌。我站在路邊，放眼看去，簡直目眩神怡，不敢置信。驀然思想起往日的草莽豪邁時光，我刻意驅車尋找昔日的記憶，卻迷失在陌生的巷弄裡。

這些年，我應邀頻繁造訪新北市。或去林家花園、藝文活動中心參加文學獎頒獎典禮；或到新北市各圖書館、區公所及各級學校去演講；或參與新北市文學獎、小玩字徵文及其他文學競賽的評審；或到各類文學營隊去上課；或是擔任新北市文化局文學叢書編選的評選委員……我逐漸了然，新北市不只環境市容迥異昔日，人文風貌也更勝昔時。公部門裡有一群活力十足的年輕人，為推動文學藝術活動不斷想點子催生文學、鼓勵藝術；公務體系之外，另有許多文學藝術工作者絞盡腦汁共襄盛舉；當然，這其中最重要的驅動力是全體新北市民眾對友善城市的渴慕和對文明城市的殷切期待。

我所看到的新北市，已逐漸轉型，它從榛莽駁雜中逐漸建立了秩序、培養了優雅，我們拭目以待，人情依舊在，丰采漸次來。

——原載於《書說新北》，聯經

穿街過巷，且走且吃

我疏懶成性，四體不勤。進入中年以後，老被警告：「要運動！要活就要動。」醫生說，親朋勸，可我實在不擅長運動，也缺乏恆心，只能因陋就簡，挑簡單的做，散步於是成為生活中的新寵。

我住在大安區的杭州南路上，活動範圍，西以中正紀念堂為界；東至大安森林公園；北止於信義路；南達和平東路、羅斯福路，這一個大方塊內，就是我們經常散步的地方。立志散步健身的時機點，恰好媳婦過門，緊接著懷孕，我們為培養兩代感情兼三代健康，便常約著一起四處走走，這才發現附近閭巷真是風情萬種。女兒熱中攝影，照相機不離手，散步回來之後，我們透過鏡頭二度觀賞：季節的流轉、光影的變化、建築的多元，無不讓人嘖嘖稱奇。枯枝上乍然爆出的綠葉；斷垣殘壁上攀爬的紫藤；上頭枯萎蜷曲、下頭卻豔異挺立的紅楓；闊葉交疊於內，垂竹掩映於外的屋宇；閒花老樹、蝶影花蹤……觸目所及，在在令人驚豔。

我們往往順著昔日臺北監獄、今為電信局的厚重斑駁圍牆外的細長小路前進，直達金山南路，穿過愛國東路後，轉往金華街或潮州街；兒子、媳婦則從羅斯福路走過來和我們在金山南路會合後，跟著穿過麗水街、永康街，再轉青田街去「青田七六」喝杯咖啡或轉到新生南路紫藤廬喝茶看展覽。……一路上蜿蜒迤邐，民生必需的食、衣、住都能在漫步間一併處理完畢。

國父睿智，他說：「建國之首要在民生。」民生問題解決了，其他的問題都好說。民生問題又以「食」為最基本，我們出去散步也往往以飲食為起點與終結。通常都先約著吃飯，再散步聊天，終結於甜品或咖啡的外帶或享用。麗水、永康、金華街、師大路、浦城街上，餐廳雲集，不只臺灣小吃、中國各地風味餐，或歐亞美非如印度、越南、泰國、義大利、法國的餐廳……各具特色，雖談不上豪華，卻都有口碑，且各種口味應有盡有，可以隨興選擇。

家裡的年輕人喜西式或速食，老人家則偏愛中式及日式料理。兒子和媳婦總喜在浦城街小巷弄約吃早午餐，如「BISTRO LE PONT 樂朋小館」、「DOT dot 點點食堂」，之所以選擇「BISTRO LE PONT 樂朋小館」是兒子體貼父母，此處雖是法式裝潢，卻提供臺灣道地橋邊鵝肉。我們常選擇光顧「和漢小吃」、「東門餃子館」、「美味小館」、「十八番」。我發現，只要稍具名聲的中餐館，多半人滿為患，店家總是掛上一副鷹眼，不時窺看客人用餐速度，營造了相當緊張的氣氛。吃飯視同作戰，在此地感受最深。不過，像我這種眼明手快加上良知未泯者似乎較少，多數人我行我素，看來絲毫不受影響，仍舊按照自己的節奏吃、喝、笑、談。

到中餐館內用餐者，年齡層多半偏高，常可在用餐時觀察到動人的人情。我曾經到牆上高掛「呷飯皇帝大」的「吃飯」，注意到旁邊一張大圓桌子，團團圍坐，由長相年齡推測，彷彿是家族聚餐。一張輪椅被夾在圍繞的圓凳中，一位老太太就坐在兩位中年男士之間。男士們不時低下頭問著老太太什麼，或者為她布菜。老太太努力加餐飯，耳力想必是來不及吸收雜沓的群聲，看來像是兒子的兩位男子有默契地分頭揀著重要話題大聲轉述給母親聽。一向比較少看到男人有耐心的照顧父母，我看了感動，小聲跟外子說：「該多生個兒子的，才能被夾在座位中享受兒子的寵膩。」外子看了一眼，回頭衝著女兒說：「女婿也行啊！一邊兒子、一邊女婿。」女兒不假思索說：「幹麼指望女婿，女兒自己來多好。」可我未雨綢繆，不想年紀大了只守著老屋，忍不住要補充叮嚀一雙兒女：「到時候，別小倆口牽著手出門，叮嚀我們：『乖乖的吼！我們出去吃飯，等會兒給你帶吃的回來。』我喜歡熱鬧，一定要用輪椅推我出來吃飯哦！」說完，覺得自己還真是無聊透頂。幹麼指望被推輪椅？怎不期待自己老來依然健步如飛、耳聰目明！

當然！若非和兒子、媳婦約會，為省卻做飯的麻煩，也常和外子、女兒徒步到附近吃自助餐。金華街上的「三進」自助式餐廳既乾淨美味，菜色又多，是我們最常光顧的。若說起當地最受觀光客歡迎的無疑是「鼎泰豐」及永康街的芒果冰，日日大排長龍，無論吃飯或吃冰，猶如醫院掛號，得等候叫號，堪稱臺灣奇觀。

這樣的奇觀也非僅鼎泰豐或芒果冰所獨有，杭州南路上和家裡隔著幾戶的小籠湯包店也是日日高朋滿坐。坐在緊鄰巷道的書房電腦桌前打字，常聽到樓下的「盛園小籠包」店裡不時傳出「三十八號！三十八號在不在？」「四十五號，四十五號在哪裡？」「幾位？五大一小？」的吆喝聲。一整個下午和晚上，就一直被這樣的聲音圍繞著。無論是不是假日，這家和幾步之遙的「杭州小籠包」，一逕人潮滾滾。尤其假日下午二點，出門辦事時，兩家的顧客都還挨擠在店面人行道上鵠候叫號；辦完事從外頭回來時，約莫四點半，顧客依然，感覺像是同一批人卻永遠吃不到似的。

從臺灣餐廳的人滿為患，很難相信臺灣經濟有多不景氣！好幾次臨時起意，想跟兒子媳婦一起去吃個飯，若無事先訂位，常常尋了好久也找不到一張吃飯的桌子；而當場排隊掛號吃飯，實在不合適像我們這樣缺乏耐心的老人家。據我粗淺的觀察，生意搶搶滾的餐廳固然很多，不時忽然停業的也不在少數。很多人吃飯不怕價位高，就怕沒特色，貴死人不償命的店，你覺得沒什麼道理，甚至套句已過世的美食家逯耀東教授的說法：「那種高價位簡直想拿把槍去幹掉他」，可它的生意卻依然屹立不搖者大有「店」在。

甜點是飯後最享受的期待，有兩家甜品最受我們的青睞，一為麗水街巷內的「珠寶盒法式點心坊」，一是金山南路上的「政江號」，一賣西點，一賣湯圓。

「珠寶盒」臨近師大後門，當初接受朋友餽贈店內的蛋糕和麵包，簡直驚為「天物」！其後循線前往，問路時，附近一位騎車婦人曾吐舌加註：「網路上很夯！但很貴！」進去一看，各式麵包、蛋糕、布丁、鹹派、軟糖，無奇不有，每個都精緻無比，價錢果然不便宜。一個小小的南瓜布列斯特泡芙或安貝兒咖啡都要一百三十元，一小片（類似一吋照片大小）薄薄的軟糖要賣三十五元。然而，購買人潮不斷，常在店內聽到媽媽對著身後孩子高喊：「趕快！蒙布朗排隊都買不到了。……」那種惟恐被搶購一空的吆喝，真是非常刺激！

「政江號」因位於政大和淡江的城區部附近而命名，它的湯圓堪稱極品，有餡兒的如芝麻湯圓、肉餡兒鹹湯圓，沒餡兒的如紅豆綠豆芝麻花生小湯圓，都讓人垂涎欲滴，尤其紅豆花生小湯圓，是我朝思暮想著的最愛。美食家寒涼意曾在晚飯後臉書上po出一張老派燒豆花攤冒著煙的照片，勾引出我吃熱甜食的味蕾。我按下「讚」後，披上外套，騎上摩托車，迫不及待冒雨衝出，就直奔「政江號」。不管雨勢多大，都澆不熄我熊熊的欲望。一碗紅豆花生小湯圓和一碗花生芝麻湯圓呼呼下肚，其後就算舔唇擦嘴、腆著肚子喊胃疼也甘心！以往總是任性地想吃便買，毫不遲疑。然而，一日驚見報紙上寫著：「吃四個湯圓得走一萬步才消耗得掉！」的消息，簡直如遭電擊。從那之後，我再走進「政江號」時的步履，便不似昔時的豪邁張狂，屢屢趑趄踟躕，欲前又止。

小孫女出生後，中正紀念堂成為新歡，媳婦常和我們兩老相約推著小龍女逛這個我們號稱的「吾家後花園」。花草樹木的陰涼處是小孫女午睡休憩的好去處；醒來後的小孫女最愛被推著或抱著和廣場上小哥哥姊姊、小狗、小貓咪交朋友；不然就是笑著追逐在地上啄食的灰鴿子和在半空中款款飛著的花蝴蝶。玩累了，到兩廳院旁或地下室喝杯茶或咖啡，小朋友則怡然吃著自備的小點心，一家人說說笑笑，好不愉悅。

城市裡，有方便美麗的巷道可供閒逛，有滿意的餐廳食堂提供市民選擇；有閒暇和健康的身體去散步；有親愛的家人陪伴著聊天、吃飯，我不知人生還有什麼比這更幸福的了！

——原載於《寫意臺北：城市意象文學攝影集》，澤宇文化

打造家族時相聚會的理想空間

母親一向主宰欲強，凡事一把抓，她沒辦法忍受百年後任人處置她生前的未「竟」事宜。於是，我們在她委託仲介販售未果的狀況下，買下了老家，一圓她生前分配遺產的心願。適巧，緊鄰的老伯伯也有意售屋，搬去與兒子同住；而當時我們賣掉臺北工作室的款項正好還夠承接，就這樣，我們擁有了臺中鄉間的兩幢相連的老舊透天厝。

四季的變化循著自然的軌跡前進，春華夏豔秋聲冬容半點不由人。其後，母親、大哥相繼亡故，其他兄長老病傷殘，姊妹散居四方，原生家庭中自幼爭吵調笑的手足，眼看能珍貴擁有的恐怕已不是未來，只有現在了。於是，就在母親過世五年後的去年秋天，為了縈繞不去的思念，我決心履踐母親「兄弟姊妹毋通散」的遺言，開始整頓老家，設法打造家族可以時相聚會的理想空間。

首先，收回承購後出租的臨屋，請來怪手敲毀建物並拆掉兩屋間的隔牆；接著將老家重新裝潢，把廚房外擴成為七坪多的一幢玻璃屋。其餘約略五十餘坪的庭園內，鋪上綠油油的草坪，種下日本楓、小葉欖仁、芒果各一株、一大叢花團錦簇的九重葛和櫻花、肉桂、桂花、流蘇、梅花各三棵，另有四方竹、荷花、七里香、咖啡樹、含笑、茉莉……玻璃屋外還有一棵婀娜多姿的雞蛋花，竹籬上爬上爬下的是蒜香藤、葡萄和百香果。庭院的另一角，則植下當季蔬菜苗和蔥、蒜、辣椒；最重要的是為不良於行的二哥鋪設殘障步道。

庭園終於在半年後完成。那夜，我從屋裡往外望，迷濛中，一株楓樹靜靜矗立在牆邊，我心裡想：也許我該要跟那棵楓樹一般，窩居鄉下桃花源裡享受退休生活了。念頭一起，欲罷不能，索性不等屆齡，即刻申請提前退休，告別三十六年的教書生涯。

經過裝修後，四十餘年的老屋有了嶄新面貌。蕙風和暢，樹影斑駁，屋內寬敞透亮，從落地玻璃窗望出去，滿園子的綠葉紅花在陽光間搖曳生姿；獨自坐對電腦寫作時，偶或放眼窗外，碧綠襲人；我們常讓韋瓦第的《四季》流洩在蝶飛花影間，讓耳目得到雙重享受。去年新添的小孫女回到此地，高興地在草地上打滾、仰頭看花樹、撲蝶影、傾聽鳥叫蟲鳴。因為美好的理想，我們實現了兄嫂、姊弟、甥姪常來聚談的願望；朋友聽說了，也紛紛前來作客，庭院內，笑語喧闐，真是讓人好不開心！

回鄉居住和城裡生活真的迥異，在臺北過慣了快節奏的生活，車行經過火焰山後，歲月忽然變得悠長，時間以極其緩慢的速度前進。黃昏，我們慣常相偕漫步田間小道，向埋首耕作的菜農請教，回來試著栽下一方小小菜圃；早晨就在自家庭院中剪枝除草，讓淋漓的汗水濕透衣衫。外子一向居高不下的血壓，經過汗水的洗禮，居然神奇地回歸正常。

一向最喜一首題為〈春野〉的兒歌：「疊疊青山含碧，彎彎溪水流清，雨餘芳草綠如茵，珠光點點明。婉轉流鶯語細，翩翩蝴蝶身輕，村前村後桃李，相對笑盈盈，盈盈。」萬萬沒料到，寄旅臺北大半輩子，我終於回歸故鄉的土地上，把歌的意境當成夢想來實現了。

——原載於二〇一三年十月號《小日子》

歸鄉

十八歲離家北上念書，六十三歲退休返鄉，臺中是我人生的起點，也是我養老的歸鄉。

打掉一幢房子，拆掉一道圍牆，將老家比鄰的兩屋擴出六、七十坪的庭園，種樹栽花。我就坐在院子裡發呆痴看，什麼都不驚，心頭篤定，歲月悠悠。太陽落下、明日還會再起；黃葉凋零、春日繁華再來，這等神仙般的生活，也只有在父母居住過的屋子裡最能怡然自得。臺中的天氣好，陽光充足溫暖，最教人愛煞。束之高閣的棉被、枕頭急忙搬出，讓她們在院中和太陽公然接吻；從窗口望出去就算只是正曬著的被子，都讓人感覺歲月靜美。

回到臺中老家，整個心情為之開朗。院子裡，不是紅楓，就是白流蘇，要麼就是粉嫩的櫻花或紅豔豔的九重葛，陽光掩映下，總閃著奇異的光澤。原先滿頭咖啡色枯槁葉子的楓樹，轉瞬換上一身的紅色新裝；原本稀稀疏疏幾朵白花的流蘇也卯起來開；滿樹粉撲花只剩了一朵；只有九重葛依然燦爛如昔。世界像走馬燈，轉啊轉的，轉出了紛繁多彩的景致。有了庭園後，才真確感受到四季的遞換。站在窗內流理臺前，不管切菜或洗菜，都心情大好。

廚房是一般所謂「賢慧」女人的重地，女人在此地變魔術般的變出東西來餵養家人的肚腹。在臺北時，我很不喜走入廚房，因為從廚房望出去，就是後排公寓鄰居的廚房。和鄰居的廚房排油煙機雖非正對，卻也迴避不了。飯菜香味聞不到，油煙味倒是十足的。擁擠的屋宇被一個個鐵窗圍困，想著自己也同樣正被困著，心裡總是不舒坦。

如今，在這樣窗明几淨的廚房內，我總像個溫婉的家庭主婦，手裡撿著菜葉、鍋裡熬著排骨；院中，感冒初癒的外子，又恢復他一貫的勤快本性，拿著大塑膠袋弓著身子在撿拾落葉；書房裡，女兒敲打鍵盤的聲音節奏感十足地跳躍著。人生實在奧妙，北部的家居生活，無論如何，終歸是匆驟急躁；車行一過火焰山，整個心情變得閒適溫柔。回到潭子老家，好像才真正回家，形魂俱足。心甘情願的為人婦、為人母、為人嬤，熬湯做菜煮飯掃地抹桌，都帶著點兒怡然自得，感覺和在臺北時大不相同。

簾動影綽，風鈴悅耳，人生如此豐實。

——原載於二〇一三年九月號《文化臺中》

到底今夕是何年？

臺中新任文化局長詩人路寒袖就任後，挖空心思，企圖找回昔日「文化城」的美名。例如邀請百位臺灣文學藝術家進入各校園現身說法；在詩人節推出「文化大猜謎——猜猜我是誰」活動，放大幾位臺中籍作家照片登上公車車廂，在大街小巷穿行，引發民眾關注文學議題；又敦請專家撰述臺中文學史，讓市民了然文化經緯與傳承；還編寫臺中文學地景，追溯文學餔養的土地及地貌的變異。一連串讓人耳目一新的活動陸續展開，詩人當上文化局長，果然有不同於以往的新作為。

為《臺中文學地景》一書前來採訪的年輕作家，採訪過後，又再度寫信來詢問我童年及少年時的舊居，現今的地址為何？經常被母親差遣去借書的那家租書店猶然在否？又位於何方？目的是要為作家繪製文學地圖。我深知製作文學地圖的苦心與難處，自然全力配合。於是，在家人陪同下，我憑著記憶重遊了潭子的三個舊居及租書店，意外有了一趟溫暖卻惆悵的行程。

首先，造訪小學時期居住的那幢被縱貫鐵路及縱貫公路所夾擊的居所。往昔夏日，縱貫路旁的兩排燒灼到天邊的火紅鳳凰木早失了蹤跡；雅潔的房舍被改造成無法辨識。狹長的縱深因鐵路電氣化被徵收而裁切成逼仄的格局，整排樓房都向上加蓋了醜陋的鐵皮屋。原本一連五戶，如今仍是連體嬰般相擁，只是長大後，變高又變醜。雖然那位專賣雞排的店家小姐，聽說舊主人造訪，顯得又驚又喜，殷勤接待寒暄，像對待老朋友一樣的親切，但我仍難掩失落，只能悵悵然離開。

接著，重回高中時在加工出口區旁的住處。當時，一到黃昏，我就高燒不退。上大學離開後，神奇地不藥而癒。後來才知是屋旁柳樹的飄絮所引發的過敏。那日，當我們在屋前逡巡時，主人笑盈盈出來。一聽說是原住戶，馬上就朗朗說出我已逝父母的名諱，簡直要讓我流淚了。

加工出口區外牆邊母親手栽的大片櫻花，早被從牆裡傾倒出的滾燙柏油悉數殲滅；區隔廠區與民宅的悠長小溝渠，原本有水藻、魚兒的，被整飭成單調方正的排水溝，群魚被驚得四散，再沒蜿蜒曲折的趣味；而屋旁那畝小菜園也消失得無影無蹤，再不見妖嬈的絲瓜黃花盤據架上，那株肇禍的柳樹當然也不復存在。

其後，直奔租書店。幾經探詢後，終於從鄰近商家口中問出正確的處所。二〇〇〇年，母親依然健在，我們曾連袂前往造訪，當時曾懇摯地向老闆鞠躬致謝，感謝他那一屋子的書陪伴我母親度過心靈的寂寥並啟蒙了我的文學生涯，他倒惶惑地不知手措；而今據鄰居說，該店已關閉十餘年。屈指算來，母親謝世八年有餘，不知年邁的黃先生去了何方，我腦中只餘十五年前夏日拜訪時屋旁的熾烈蟬鳴。

最後，我們前往六歲前居住的潭子丸寶庄。雖然老成凋零，部分堂兄嫂及姪子、姪女猶然比鄰而居，只是低矮的三合院早經改建成透天厝及豪宅。蒙姪女及姪女婿殷勤款待，在寬闊的豪宅院落裡團坐聚談，如果不是小孫女頻頻打呵欠，都要忘記時光的飛逝。上車後，一如以往，姪女急急從後院摘了自種的大瓠瓜、香蕉、芭蕉贈送。

人情依舊在，地貌卻丕變，啊！昔日悠長翠綠的地景翻成如今的高聳繁複，怎不讓人低迴惆悵！回到家，我仰頭看天，沒有月亮、也沒有星星；低頭俯視，一歲餘的小孫女正吃著芭蕉，忽然抬起頭首度清晰說出四個字的話語：「謝謝阿嬤！」流年暗中偷換，到底今夕是何年？

——原載於二〇一五年十月三日《聯合報・名人堂專欄》

輯三——開出美麗的花來

從一場朗讀比賽開始

小學二年級時，平生第一次被指派參與朗讀比賽。因為得失心太重，緊張到吃不下飯，比賽的前幾天，我跑去跟老師表明自己一想到上臺就雙腿發抖，顯然無法勝任，請她陣前換將。老師微笑著拍拍我的肩膀對我說：「不用緊張，老師選派你就是知道你可以的，要有信心，不管輸贏，盡力就行。」那回，我帶著老師的信任上場，得了第二名。從那以後的幾十年，我參與無數的比賽，雖然每回都還不免忐忑，但逐漸明白所有人生的競賽都必然有輸有贏，不必太過計較，真的只要盡力就行。

初中時，貪看課外書，不知在哪個環節出了差錯，數學由是一敗塗地，高中聯考慘遭滑鐵盧。我惶惶終日，不知如何是好。幸賴二次聯招，才進了郊區高中。其後，輾轉才又轉學回到臺中女中。雖然不敢再掉以輕心，但大學聯考時的一場高燒，竟讓我在考場上睡了一大覺，又和公立大學錯身而過，只好懷抱著抑鬱的心情奔赴外雙溪。

大三那年，我代表東吳大學參與「全國編輯人研習會」，和全國大專院校的校刊主編相互切磋編輯知識，居然得到當時《幼獅文藝》主編詩人瘂弦的青睞，從眾多才俊中脫穎而出，被挑選成為雜誌的兼任編輯。主編約見時，我惶惑不安，自卑出身私校，怎可能打敗群倫？主編說：「沒錯！就是你！我們觀察很久，覺得你很敬業也很精采。」我才知道，人生的比賽原來不止於鳴槍起始的那刻或在打扮光鮮的舞臺上；走在人生行道上，隨時隨地都有可能接受無預警的默默檢驗，臺下的一言一行常常才是決勝負的關鍵。

念完碩士後，我走上講臺，在大學裡擔任教職，認真教書、勤於研究，成績還算不錯。但升等得先佔缺，佔缺常繫乎人脈，我以一介平民進入軍事體系，素無淵源，始終未能如願。我憤懣嫉世，埋怨世道不公，龍困淺灘。一日靜坐冥思，忽然想到與其坐困愁城，不如另謀出路，山不轉人轉，於是，重拾書本攻讀博士去。這一轉念堪稱我人生中逆轉勝的關鍵。從那之後，我學會對荒謬微笑，和遺憾握手，承認「人生不如意事十常八九」，我得設法隨時為自己解圍、脫困。而從種種轉危為安的歷程中，我也頓悟人生真的沒有絕對的順遂，偶爾的挫敗，也是人生的常態。

國中課本裡，有一篇取材自吳敬梓《儒林外史》的〈王冕的少年時代〉是很好的人生教材。身世坎坷的王冕被迫須輟學放牛，求取家用。好學的王冕心中想必不能無恨，但他轉念安慰母親：「我在學堂坐著，心裡也悶，不如往他家放牛，倒快活些。假如要讀書，依舊可以帶幾本書去讀。」不止於此，放下執念的王冕還從天光雲影照耀下的荷花上看出了希望，認定：「天下哪有個學不會的事？我何不自畫他幾枝？」他開啟了潛能、成就了新事業，從此展開繪畫的第二春。

少年王冕並沒有因為學堂教育上的挫折而灰心喪志，他坦然接受坎坷的命運，也許羨慕同儕能繼續在學堂讀書，卻不因此怨恨母親的無能或自己命運的乖舛。他接受不能繼續在學堂受教的現實，卻沒有一刻放棄喜愛的書本，仍舊千方百計和書本保持聯繫，攢錢購買較便宜的舊書。雖接受現實，卻絕不向現實低頭，他將孜孜求知的課堂搬到柳樹蔭下、綠草地上，沒有什麼困難能阻攔他求學的心願。王冕雖然年紀輕輕的，卻清楚知道得趕緊收拾沮喪的情緒，才能心平氣和地繼續前行，也才有機會看到人生其他美麗的風景。我當年的轉念，也許正是不自覺的受到王冕啟發的結果。

如今，我兢兢業業克服困難走過人生的大段途程，從一場朗讀比賽開始，幸運地持續走到文學教育與文學創作的道路上，教學、演講和寫作遂成為我一生的寄託。我深感人生無論短長，一逕悲喜交織。不管多難走的路，也還是得直直走下去。因為教書，和學生持續接觸，我得以隨時保持年輕的心情；因為找到了寫作的興趣，可以在字裡行間盡情驅策馳騁，再大的苦，轉念之間，都能成就美好的信念；因為寫作與教書所連帶衍生出的演講活動，引發我對社會議題的關懷，對人群的關注，讓我得以下定決心在專業所及的領域裡無怨無尤地投注心力。

我感謝生活裡密織的羅網中所有繁瑣的際遇，無論開心或傷痛，因為有它，我的人生因而變得寬闊無邊。我理解到興趣一旦和志業緊密結合，所有的困頓與辛勞都將成為不足掛齒的小疵，不掩大瑜。因此，衷心期待年輕的朋友，越早找到志趣與寄託，然後全力以赴，如此，就能越早成就生命的美滿。

——原載於《青春方程式：二十七位名家給青少年的私房話》，臺灣東方出版社

作家與歌星的差別待遇

早年，作家寫作出書，只要安坐家中，奮力搖筆桿，寫完投稿到報社刊登，等稿子積累到達足夠的分量後，將剪貼稿送到出版社撿字排版，接著完成最後校對，作家的任務就算完成。其後，就在家裡等著領稿費或版稅，如此周而復始。

今之作家，可沒那麼簡單，得有十八般武藝才能應付。「如果有點小圖搭配會好些。」編輯一聲令下，於是，作者逼迫家人幫忙畫插圖，自己下海掃描圖檔；接著，「你對自己的作品可能更加熟悉」，所以，作家開始埋頭將所有文章做初步的分輯。

「最新的作者簡介能不能幫忙提供一下？」當然，誰會比你更了解自己？「請問你有照片提供嗎？否則就用社內的檔案照片囉。」你想起上次報上出現的那張齜牙咧嘴且老了不止十歲的照片，趕緊應聲自行提供。「封底的文案要我們來擬嗎？還是您自己來？」「我自己來！自己來！」哎呀！幹麼問我？到底我是編輯還是作者啊？

出版業競爭厲害，文學書的市場日漸式微，宣傳可不能少。書本裝訂前，先送來上千張蝴蝶頁，作者趴在書桌上趕著簽名簽到手抽筋，再回寄出版社，讓他們送去印刷廠裝訂成簽名書，聽說有作者簽名可以吸引讀者購買。編輯如此挖空心思，作者怎敢不全力配合！

新書發表會當然也不能少，現今的作者不但要能寫，還要會講、會演，演講到最後要笑稱「工商服務時間來了！」然後，努力推銷新書。有的讀者好小器，不肯買書就算了，還拿出小紙片排隊要簽名，簽名完畢，趁勢要求作者跟他一起微笑拍照。作家做到這樣的地步簡直像演藝人員了，但到底待遇大不同，除了酬勞不成比例的懸殊，也沒有讀者會像歌迷一樣直追到機場或高鐵送行，並驚聲尖叫。

猶記四月從日本福岡機場搭機返國，忽見大群民眾將機場走道重重包圍，原來是韓星的粉絲給偶像送行來了。在等候安檢時，我正好跟這群粉絲正面相對，發現她們群情激動，雙眼露出萬分渴慕的光芒，韓星通過的不到一分鐘內，照相的照相，狂叫的狂叫，野獸般的狂野畢露。男星從我身旁走過，看起來不過是個十分普通的年輕男士，偶或朝群眾擺擺手，自覺被哪雙擺著的手「臨幸」到的人馬上爆出激動的吼叫，感覺聲音彷彿是從五臟內腑裡迸出來的。

韓星很快消失在這群粉絲戀戀不捨的視線中，但餘波仍然盪漾，那些有志一同的粉絲開始相互握手、擁抱，我雖聽不懂日語，卻從她們彼此熱烈的肢體語言中看出是在相互認識寒暄，甚至交換聯絡方式。

既然作家已經開始明星化，其魅力是不是有朝一日也有可能達到這樣的程度呢？我不禁意往神馳地痴痴笑了起來。

——原載於二〇一五年七月二十六日《自由時報‧副刊》

「山路」上開出美麗的花來

教授現代文學的課程，很難跳過陳映真的作品。幾乎每年都帶著學生認識陳映真，介紹他的小說，並領著他們細讀。一年一年下來，感覺陳映真似乎越來越孤獨了，認識他的年輕學生逐年遞減。

二〇〇二年，我得了國科會的計畫案補助，邀請陳義芝、周芬伶合力編選了一本《繁花盛景——臺灣當代文學新選》，在芬伶選入的十篇小說中，就有陳映真的〈山路〉。陳先生欣然允諾被選入，而且二話不說，爽快地接受我的採訪，就〈山路〉的題材來源、小說所欲傳達的理念，並及他個人的文學信仰，侃侃而談。

錄影那天，是我們第一次見面。他意外的高大魁梧，卻有著極謙和纖細的吐屬，客氣得讓我有點手足無措。那場訪談，約莫持續了一個多鐘頭。其間，他辦公室的門被推開不止三次，電話響了四、五回，錄影被迫不停中斷。最後，映真先生乾脆拔掉電話插頭。這事讓我印象深刻，因為對比之後受訪的楊牧，當時正應聘擔任中研院文哲所所長，我在他的辦公室裡訪談的兩個鐘頭內，一通電話也沒進來，一記敲門聲也無；相較之下，早將《人間雜誌》停刊的陳映真似乎更加忙碌熱鬧。他用著溫和的語調說話，常常說著、說著，便自我調侃地笑了起來，但明顯流露出壓抑的憤懣。

陳映真再三強調〈山路〉這篇文章是取自第一手資料，不是輾轉陳述，也不是從書面上所調查研究出來的，是活的歷史。他以為後現代主義比較強調人的庸凡性，不講大敘述，這當然也是一種人生態度；但他寫〈山路〉裡的千惠和貞柏那批人，「是有那樣的戀愛方式，兩個人的戀愛就是一個人走在前面，一個人走在後面，那樣的戀愛跟現代動不動就上賓館的戀愛是不一樣的。」他志在說明一個文明的時代裡面，確曾存在過這麼個精神水位的高度。

因為編選教材之故，我試著問所有作者，比較希望讀者從什麼角度來閱讀他們寫出來的文章，其中，楊牧的說法就和陳映真大異其趣，他說：「對我來說，一篇文章完成了，我覺得我怎麼說它和我說出什麼東西來之間，我更希望你們可以了解我用什麼樣的結構、方式，什麼樣的筆路、什麼樣的筆法，這些可能對我說來，我更在乎。」

或許在某種程度上，這可以來解釋陳映真後期小說意識先行的結果所導致的寂寞。時代的變化翻天覆地，陳映真獨沽一味的執著，在時代及環境的變遷中，踽踽獨行似乎也是意料中事。他自己其實說得明白：「我這個人有一個很大的缺點，就是思想沒有出路的話，我就沒辦法寫作。」但小說一旦企圖以思想掛帥，恐怕就比較難以吸引不同時代或意識形態不同的讀者。我的一位學生就曾很直白地批評：「小說如果拿來當作時代的良知，那給予小說太大的包袱。也許作家總希望能影響讀者，可是和現實決裂的小說，是否真能走進大眾的心裡，進而影響他們呢？小說和現實決裂之美，自然也是一種美，可是我比較欣賞的，卻是能夠看見人生百態，進而受到感動啟發，心有戚戚焉的作品。」

陳映真的〈山路〉和〈鈴鐺花〉、〈趙南棟〉同樣是以白色恐怖為背景。女主角千惠的二哥背叛同志，使得男友黃貞柏入獄，她素所傾慕的李國坤（貞柏的同志大哥）也因之被槍殺。千惠一則為贖罪，一則也是對國坤的愛慕，毅然假冒為國坤的妻子，進到李家服侍公婆、教養小叔，奉獻了青春。三十年後，李家因千惠護持而改善家境。沒料到一日從報上看到貞柏被釋放出獄的消息，千惠一時震懾，猛然回思，自責過著舒適的資本主義下的生活，幾乎已然忘懷吃苦贖罪的初心，竟羞愧至委頓而死。

陳映真的陰性書寫，以吞吐反覆的語調，複沓迴環的節奏，將政治理想和愛情奉獻結合，幽微細膩摹寫了一宗政治受難事件，彰顯了人間的「愛與犧牲」。他刻畫了可歌可泣的理想聖女，但超凡入聖的結果反而脫離了人間的真實，這種過度的犧牲，對現代年輕人而言，就如天方夜譚。我在授課時，總要再三提醒學生：「請回到過去的年代」。但〈山路〉那種類似優美音樂的節奏是相當迷人的，它的美感經驗遠勝過陳映真念茲在茲的思想傳達。

陳映真的理想性格的實踐，不僅止於小說，也在他極力鼓吹的左派和統一的願望，他一生都在證明有這樣的可能；可惜的是，過度的執著讓他視而不見某些殘酷的政治現實，跟〈山路〉裡的千惠一樣，只顧著勇往直前。

幸好，除了政治，他還有文學。我以為，光是這條「山路」，就為他的文學開出了美麗的花來。

——原載於二〇一七年一月號《文訊》

無話不談的好朋友

——夏志清教授

那晚，學生邱比特深夜用臉書私訊傳來夏志清先生過世的消息。我問他消息來源，等了好一陣子，想是四處回頭找尋不得要領，恍恍惚惚的他才又出現在臉書上說：「忘記了，因為已經吃了安眠藥。」我心裡發急，上網搜尋，沒找著，鬆了口氣，當是邱比特的一場混亂的夢。

然而，次日夏先生過世的消息還是見諸報端，我找出他寫給我的最後一封信，一貫細小的字，跟他的口音一樣難以辨識的筆跡。他說：

「兩年後，假如我去臺北參加中研院的大會的話，主要可同新舊好友會面重敘一番。如我〈雞窗夜靜〉此文所說，老友去世的很多，臺北剩下的只有懷碩、陽孜這一對，雖然他們倆也早已離婚了，您同全茂弟，雖然難得見面，也可算是我的老友了。你倆如有機會再來紐約，我們一定要好好款待。」

看到這兒，眼淚不禁默默流了下來。快人快語的他，走得很乾脆；我只是有點捨不得，雖然，我們只見過兩次面，通過幾封信。但在以往的信裡，夏先生曾一再纏綿地表達：「……今年見到你們這對多才多藝的璧人，也算是一大收穫。從此以後，我是個對你們無話不談的好朋友，好不好？」；「親愛的玉蕙，全茂：親愛的即英文的 Dear，一月八日你來訪問我，我覺得你這個人如此可愛可親，非稱你為 Dear 不可，以前所有訪問過我的人，不論男女，都不能同你相比的。而且你有備而來，真的看了我書，真有問題要問我，所以讓我感到非常開心，真同與故人重逢一樣。」

許多藝文界朋友都說夏先生像《紅樓夢》裡的賈寶玉一樣，對女性有著不可思議的情愫，總誇張地讚美女人；然而，我還是覺得我們的緣分特別。約莫在一九七二年左右，夏先生曾到臺北開會，當時，我正在《幼獅文藝》擔任編輯。似乎是天熱中暑，夏先生被送進了醫院。我曾隨著瘂弦先生去探視，瘂公說：「若他身體許可，你就趁此機會跟他做個訪問。」沒料到病況沒大問題，但探病者眾，只好打消了訪問的念頭；而我當時年紀小，不敢造次，看著人多，便悄悄溜走。

三十年後，就在二〇〇一年的夏天，我因為執行國科會的「世界華文作家暨作品典藏」計畫案，和外子遠渡重洋到紐約，再度拜會夏先生。當時，我提起舊事，夏先生說他記不得了，不但當面表達失禮與懊惱，且在每回通信中不斷重複致意：「據你說那年夏天我在臺北病倒，你即曾來醫院訪問過我的，我想想自己實在笨，沒有靈性，竟有這樣可愛的人來訪問我，而我竟未留下印象。（那次住院，只記得張佛老來訪）實在是說不通的。可能當年太用功，不像現在這樣的瀟灑，所以多活了幾年，也還有些進步的地方。」

我們一見如故，他不但誇獎我，對外子也周到的照應。他說我們夫妻以圖文搭配方式合作出版「真說得上是圖文並茂」，稱讚外子有決心早退休很不容易，鼓勵他畫畫不必全畫美麗，「去年的大地震、最近臺北的大水災，也可以畫下來」，期許他當個像 Goya 一樣的無所不畫的畫家；其後，更對我們寄去的外子手繪卡片讚不絕口：「以前只見到全茂弟的速寫，卡片上的彩色畫很有味道，讓我想起 Picasso Blue Period 的作品，但全茂的淡藍、淺黃、深綠，看來更可愛。兩個看書的人看來也可能是一個人，也讓我想起 Picasso 一張美女照鏡子圖，但境界是完全不一樣的。全茂的平靜和諧，同大自然真有溝通。」外子對這些過度的讚美當然不會當真，知道這完全是鼓勵後學的言語，但也深為他的細膩體貼所感動與激勵。

想起來這也已是十餘年前的事了，卻清晰一如昨日。訪談結束的傍晚，夏先生和夫人王洞女士執意作東請我們吃晚餐。途經哥倫比亞大學，他們聽說我沒去過該校，當下半途下車，領著我們前去參觀。他們夫妻牽著手在行人道上偕行，夕陽將兩人的影子拖得長長的，我走在他們身後，忍不住取出相機將他們的背影攝下。後來夏先生寫信告訴我：

「搬居一一三街整十年了，還是第一次有人為我們拍了在小街上散步的照片。別人為我們拍的哥大校園照片，也沒有你們所拍攝的這樣場面廣闊、包羅萬象。」

他惜情愛物，人又調皮。在給我的第一封信裡，曾寄給我三張照片。一張是他女兒送去照護中心前在家裡與夏太太的合照，夏先生說：

「她中文名字叫自珍。你們來前在家裡拍的，看起來很像人，也像我，給你們留念（她是一九七二年正月生的）。」

自珍長得的確很像父親，可我拿到照片，初始有些錯愕，不知夏先生為何會想要寄一張女兒的照片給我們？畢竟我們跟他女兒素昧平生。其後，我每重看一次信，那張照片便從信中滑出來一次，我開始聯想起更久遠前的一則有關夏先生女兒的報導：一晚，五歲的自珍要父親背她到樓下大門口去玩，那天正是聖誕夜，有人醉酒吐了一地，夏先生背著女兒不慎滑倒，眼鏡掉了，他摸索著，一手撐地、另一手緊緊護住背上的女兒，雖然胳膊腫疼了好幾天，幸虧骨頭沒摔斷。那時，我就知道他女兒罹患自閉症。夏先生的好友宋淇曾說：「自珍自幼身體不夠健全，到了晚上，腦波活動比白天活躍，非要父母輪流陪伴不可，志清在學校忙了一天之後，回家還要扮馬馱她以逗她開心，等她安睡後，才定下心來做學問。」五十餘歲後，才生養這個需要多方照顧的女兒，想來是很辛苦的。去訪那日，夏先生就曾主動告訴我，送女兒去照護中心時，心裡真捨不得，「但是，我們年紀大了，自己照顧不了，這也是沒法子的。」多情如夏先生，洗了照片寄送遠方的朋友，足見對女兒的憐惜，照片裡拍的是女兒的影像，照片中沒拍出來的是做父親的深摯的愛。

第二張照片，是幾朵插在瓶中的蘭花。夏先生在信上說：

「客廳裡有一小盆蘭花是白先勇送的。你未來時即已開花了，現已謝了好久了。我為它拍了幾幀小照，用一條 towel 把書架上的書蓋住了。假如有綠色的 or 藍色的浴巾可能更好看。」

夏先生喜歡熱鬧也非常重情義，去採訪時，他一再提及八十壽辰時，有哪些人為他慶生，尤其白先生曾送花致意特別被拈出來說了好多次。為防花謝，他用相機攝下，不只留住花兒，相信更想留住的是文人相惜的情誼。

夏先生天生有一種寶玉似的纏綿，對歲月的流逝和人的變化非常敏感，他曾為訪問那日一起參與餐敘的小說家施叔青變得沉穩而感到無限惆悵：

「那晚，我們跟施叔青同在蜀湘園相敘，也是樂事。但當年她初來紐約當猶太人媳婦，還是個小姑娘，興致很高。現在她真是個 Professional writer，給我寡言笑的印象，不像你我二人不斷笑口常開。」

這樣的感嘆，果然一如怡紅公子寶玉對女性強烈的憐香惜玉一樣，他活在世上，就是要看到女孩們都快樂愉悅，對天真的女孩轉為端莊的少婦很不習慣。

另一張照片則充分顯示夏先生的童心未泯，他在照片裡大玩「真假之辨」：

「客廳裡也擱著一幅吳昌碩的牡丹圖。有一天，我買了三株牡丹花，大小正好同畫裡的相仿，就把花瓶裡的三株和畫上的數株拍在一起，效果尚不錯，寄上一幀，供二位法家指正。」

大人者不失赤子之心，夏先生對生活總顯示出像孩子般淋漓的興味，而因為我回信時忽略了，沒有對這張照片有所回應，夏先生還鄭重其事再度來信提到這張照片「簡直分不出真假」，顯然他對自己的這個奇思妙想感到相當得意。

接到他的每封信，我總難忘他接受採訪時，略顯不自在的不時奔出鏡頭外取這、拿那的掩飾心慌；走在那個他教書數十年的哥倫比亞大學裡，猶然充滿童心的左顧右盼；晚餐時，興致盎然地品嚐新酒並頻頻舉杯；夜裡，他們夫妻二人頂著清冷的月光回家的身影。

據說，他臨終的最後一句話是：「我很累，我要走了。」是的，人生總有歸去的時候，嗟嘆難免，但累了合該好好躺下歇息。夏先生走了！在感嘆人生如四季流轉之時，我想到的是夏先生的真誠表達、惜情愛物與熱愛生活的赤子之心。

我真心覺得無限榮幸，此生我們曾是他口中的「無話不談的好朋友」。

——原載於二〇一四年二月號《聯合文學》

生命的永遠定格

那晚，去中央大學演講。回程的高速公路上，女兒檢視我的臉書時，忽然驚呼：「李渝過世了！」方向盤陡的偏了邊，我被嚇得魂飛魄散！

前些年，聶華苓大姊回來，我們還聚著吃了飯、喝了咖啡，怎麼消息來得如此突然？一整晚，神思不屬，翻箱倒櫃找出那年的訪談錄影，看著、看著不禁落下淚來。

這則訪談稿題為〈生命裡的暫時停格〉（登載在《聯合文學》）所寫的訪談前言，倒像是一則不幸的預言，他們夫妻倆的生命竟從此成為永遠的定格。繼郭松棻之後，李渝也走了，患難夫妻的坐對歡言不再，徒留讀者和朋友驚愕的嘆息。

六月，到臺大文學院參加李渝的紀念會，看著電腦裡播放的李渝身影，聽著銀幕上播放著她的授課聲音，心中有無限的感慨。二〇〇一年，我背著簡單的錄影機前去美東，行前計畫好訪問十多位作家，也做足了功課。其中就預訂了要採訪郭松棻和李渝夫婦。

所有作家都用伊媚兒、航空信或國際電話、傳真約好了，只有郭氏夫婦一直沒有回音，我曾從報上看到李渝自述的崩潰經過，也不敢太強勢邀約。到紐約後，訪問劉大任時，試著探問郭松棻的狀況，能否接受採訪。劉大任只說：「夫妻二人都才大病回家，多半不肯，我曾約他出門聊聊，他都沒有回話。」既然都這樣說了，我也不敢找人家麻煩。就暫時打消了訪談念頭。

次年夏天，我又飛往洛杉磯進行第二度的訪談，一路經過舊金山、愛荷華，芝加哥、北卡，然後，又往紐約去，這次規模更大些。我在臺灣預打邀約電話，心裡忐忑。沒料到不待辭費，郭松棻居然就首肯了。我放下電話，喜極又叫又跳，外子一時不察，以為我對中了偷偷買來的樂透。可不是中了樂透？他們夫妻倆的小說，一向是我的最愛，以為得大費脣舌，誰知居然輕易達陣。這事得來容易，我老覺得不知哪兒出了問題，心慌慌的。

飛到紐約後，我們由朋友護送去他們位於叢林間的家，寬闊舒適，蝶飛蜂舞，一株大大的楓樹便豎立門前，後院松鼠時來窺探。說話間，我注意到李渝常托腮側頭仰望丈夫，側面角度，眉目如畫，一副傾服丈夫的小女子樣貌。

我說郭松棻長相神似日本天皇，他不屑回：「我才不要像那個笨蛋！」我問他們有關閱讀和寫作的諸多問題，夫妻倆知無不言，言無不盡，談得無比暢快。兩人都說「除了寫作，我們什麼都不會，也都沒興趣。」打麻將、唱卡拉OK都不行，連旅行都覺得沒意思，無法從中感受到快樂。就是不斷寫、不斷寫，「沒有地方發表，報上限定三千字，有時投去了，好像給人難處也不好，所以打完字後，也不知丟哪裡好。」聽了好心酸！但不是非常棒的作家嗎？寫作的黃金時代真的一去不復返了嗎？我當時心裡這樣想著。

那日訪談，另有幾件事難忘。

一是臨別出門時，赫然發現門邊一張長桌上擺了幾十副眼鏡，郭先生笑著回應我驚奇的眼，說是為李渝準備的，因為李渝總是糊塗，花太多時間在找眼鏡上。他說這話時，那笑著的眼睛裡滿滿的寵溺。

一是我們甫進大門，便聞到整個屋子裡都是燉牛肉的味道，後來也看到爐上的確燉著鍋牛肉。只是，後來他們夫婦留我們吃飯，叫了外燴來，那鍋肉依然小火燉著，並沒有拿出來待客。出門後，我差點讓開車的朋友轉回頭去，肉燉爛了、鍋燒焦了都是小事，就怕夫妻倆都閃神了，要釀成火災。

另一則是熱心載我們前往的朋友，在出到門外即將告別之際，忽然趨近李渝，跟她請求：「我寫了些小說，不知道能不能寄給你看看，請你給我一些建議？」我沒料到有此一問，阻攔不及，正覺不好意思給她添了麻煩，卻見李渝簡淨對答：「寫就好，寫就好，一直寫下去就行。」四兩撥千斤地解困，簡直讓常常陷入這種泥沼的我嘆為觀止，我總不知如何婉轉或直接拒絕。

那時，他們夫妻就常出入醫院，被失眠加憂鬱症所困。抱怨：「醫生是合法的迫害者。心理醫生不是來救人的，是來救社會的。醫生應該從傳記裡出來，不該從實驗室出來。」

訪談後三年不到，郭松棻告別人世。聽到消息，我就跟外子說：「完蛋了！沒了郭松棻，李渝怎麼活下去？」沒料到後來她回臺灣幾次，我跟她見面，居然氣色還不錯，聲音朗朗，尤其是回臺大授課後，整個氣色都好起來了。

誰知，表面難掩內裡的傾頹，李渝在整理完夫婿的文章後，還是奔赴黃泉去追隨她的最愛了。我們只是捨不得！這對命運乖舛的夫妻，各擁一枝好筆，各為讀者寫出那麼好的文章，卻活得這麼不合時宜的艱難，這世界到底是怎麼回事！

——原載於二〇一五年二月號《聯合文學》

一瞬值抵百年

——送別黃黎明

驅車循著仰德大道走，外頭下著細細的雨，天色陰沉，世界有如一張破碎的臉。往事則像徐徐展開的膠卷，在腦海載沉載浮。

距離和小棣和黎明初識，約莫二十六年了！那時，我寫作了幾年，也在東吳教戲劇課。承蒙小棣青睞，邀請我為她所執導的《全家福》電視單元劇寫作劇本；我則順勢請她到學校來演講，從此開始和學生一起嘗試編劇，也因此好幾個學生的劇本都得到電視播演的機會，給學生好大的鼓舞。

當時，我的一對兒女猶然稚齡，他們的生活故事，也一併被小棣老師搬上螢光幕。兒子跟女兒甚至參與了她們團隊的年終尾牙，抽到了平生最大的獎品。人生緣會就這麼帶著人們往前奔進，朋友時而促膝，時而天涯，從未刻意。

嚴格說來，我們並未深交過，一年可能未必見得上一面，但我的感覺就是親，那種親也許可以直探到生命力底層的契合，不必言說，見面只是笑著擁抱，說：「嗨！小棣老師。」曾經相互缺席的歲月就都神奇的被彌縫，像是天長地久！而小棣身邊的黎明，輕巧靈慧，總是影影綽綽相伴相隨，看似輔助扶持，但認真計較起來，也許更接近運籌帷幄的穩定力量。

小棣說和黎明相識二十八年餘，而我應該算是他們的老朋友了。黎明給我的印象恆常不變，一如初見。她端的是個「心寧猶水，神清若雲」的女子，那鐫刻在街市轉角牆上不經意間被記在心上的八個石刻字在乍見黎明的瞬間活了過來。而這般可人的女子，竟在不提防間撒手走了！今年三月還見了兩次面，當時依然盈盈地笑著的。

怎會這樣！前夜得知消息，我一夜無眠。不多久前，才接獲小說家李渝的死訊，春夏之交，怎會噩耗連連！我腳踩油門，一路迎著霏霏的雨，心裡糾結如麻。山上的空氣好，早聽說小棣拋卻繁華市區，就為了伊人養病；而眼看已然打敗病魔，誰知命運如此，看來人還真敵不過天！

接待的學生說：「今早餐桌上，老師望著虛位以待的空椅子哭了！」

去為伊人尋找日後棲身之所的小棣，聽說朋友來了，冒雨趕回山上。

在跟朋友細說黎明舊疾復發狀況時，不禁幾度傷心落淚。她一直說有多後悔！悔這、悔那；不停反省著：當初應該這樣、不該那樣；而我只能近乎自言自語的喃喃勸說：「人生無法同時走兩條路，誰知若那樣了就不會悔？小棣務必請放寬心。」

印象裡，黎明一逕輕聲細語，像個純真的女孩，偶爾露出深思的堅毅表情。這場病，還真折磨人。然而，小棣說，「她連生病時都好看，一向素面相照，不施脂粉，連病中的發燒都只兩頰泛紅，醫護人員都說沒見過這麼好看的病人。」小棣眼紅，我淚如雨下。

探訪朋友漸多，我低聲告辭。小棣隨後追出，兩人走著，環顧滿園花樹，就一株楓樹亮晃晃直逼眼前。她睹物思人，說：「這季的楓樹居然提前轉紅，日昨走到樹下，不禁悲慟失聲。……這園子，原是斷垣殘壁、荒煙蔓草，是我們倆幾年來齊心打造，每棵樹、每顆果子都是記憶。廖老師，那棵桃樹還會結果，果子真的能吃哪！」啊！用真情相待所結出的果子，自然是能吃的，不但能吃，理當還是甜美無比的吧！

臨走，小棣說：「看你的臉書寫夫妻執手相偕平淡過日，感到既美好又感傷，那真是人生的至樂。」

「勾起你的傷心事，我豈能再寫！」我慚愧地回應。

「不！你得多寫寫，真好。」她語氣誠懇卻難掩傷痛。

啊！是怎樣難得的緣分才能讓兩人相互守候一生呢？我俛首沉吟，說不出其他的話來，只緊緊擁住失神的小棣，心裡其實最想告訴她的是：「人生幸得知己，一瞬值抵百年哪！」

——原載於二〇一四年六月十七日《聯合報・副刊》

闔家團圓

剛結婚那些年，過年真不是滋味，婆婆注重民俗，做粿、祭拜等閒不能馬虎；偏我一身反骨還要裝賢慧，自然百般不順心，幾乎年年巴望年初二娘家的姪兒捧著檳榔和伴手禮來拯救，這樣的感受一直難忘。

媳婦剛入門，我陡然想起這段往事，先就跟小倆口明言：「你們小倆口攜手成家，沒有娶『進』或嫁『出』的問題，只是兩個原生家庭各多得一子一女而已。將來過年，要選擇到夫家、到娘家或在自家吃年夜飯都不是問題，一切以自在為原則。」

公婆猶在時，我們雖還謹守回家團圓慣例；但有時想到高速路上擁擠的長龍，也不免要大嘆一口氣。有一次，我們鼓起勇氣徵得老人家同意，帶著孩子前往他鄉旅遊，雖然甚是愉快，但卻有著隱隱然的不安；其後，乾脆領著長輩一起遠行。

所謂「家」，就是親人所在的地方，闔家成員同行的旅行，沒有掛念，無從相思，也不會心懷愧疚，真是當時最好的脫困之策。

這些年來，長輩相繼過世，我們開始當家做主。原生家庭開枝散葉，蔚成龐大親屬網路，新生人口雖血濃於水，然因散居海內外各角落，小輩往往相見不相識。於是，我們動心起念要居中串連。外子和我率先舉辦家族旅遊，號召家族成員共襄盛舉。我們找地點、接洽住宿、飲食並安排各項活動，讓老中青三代把手言歡，憶往談今，歡歡喜喜一起跨年，意外得到雷動的讚聲；其後晚輩繼起接手，後出轉精，辦得更加精采細膩。事後，不但大夥兒回味再三，也牽繫起三代甚至四代親情。

除了參與家族旅行，這些年，年假期間，我們還攜家帶眷前往公婆、父母棲身的墓園、寺廟敬拜，過年的團圓由生者拓展至逝者。原先是帶著新媳去面報祖先，告慰在天之靈。接著孫女跟著出生，我們遂相沿成習，年年去向雙方祖先報告新成員、新生活。舉家相扶持著先走走小山路，在可以鳥瞰山下清水老家的山頭，跟公公婆婆說說話，也跟媳婦、孫女敘敘她們未曾謀面的阿祖、阿太；繼之轉往市區中心的寶覺寺，和爸爸媽媽及已逝的兄姊談談心，在悠揚誦經聲中回味過往歲月，感覺既安穩踏實又溫馨感動。

我們橫向積極縮合現世親友，縱向緩步串連陰陽生死，時而場面浩大，時而細膩暖心，過年的團圓由是更具積極的意義。

——原載於二〇一六年一月誠品松菸《時光》第二十五期

臺語和臺灣文學擦撞出的火花

——用臺語講故事

已經不記得是幾年前的某一個夜晚，我應邀到屏東的佛光道場去做一場演講。才講了五分鐘左右，一位七十歲左右的老菩薩忽然在某一個停頓處舉手，大聲用臺灣話問我：「教授會當用臺灣話講無？你用國語，阮攏聽無呢。」她用「阮」，不是用「我」，我解讀這建議不只代表她一個人，那個「阮」字代表了不少人的心聲。我當場傻眼，吶吶地回她：「我的臺語無啥輾轉。」在全場的鬨笑聲中，那位老太太很堅持地提供補救方案：「無要緊啦，你袂曉的，有人會共你鬥相共，幫忙你翻譯啦。」那天，在室外演講，夜涼如水，一輪明月在天。我就在朗朗的月光下，開始我生平第一場的閩南語演說。因為人人皆為我師，倒顯得演講格外熱絡，七嘴八舌的訂正，現場氣氛堪稱水乳交融，像正進行著一堂反應熱烈的臺語課。

回家後，我開始反省，身為臺灣人能使用流利的華語演講，卻無法掌握我從小使用的閩南語公開發表演說，這是怎麼一回事？於是，我開始在其後的演講中一點一滴逐漸嘗試滲入母語，特別是在說故事摹擬當事人的聲口時，若察覺聽眾中有人的表情有點納悶，才再輔以國語翻譯。沒料到這樣的演講因為語彙的傳神，反倒引發了聽眾更多的興味。

接著，應邀到扶輪社去演說，意外地聽到他們在集會中，無論說話或唱歌都全程使用閩南語；我入境隨俗，也跟著用母語對談和演說，如此一來，倒引起聽眾的訝異了，紛紛稱讚我：「妳的臺語那會講甲這爾滑溜？」我覺得不好意思極了。「身為臺灣人，臺語講得流利不是理所當然的嗎？竟蒙讚許，是不是我平日華語使用太多、臺語說得太少了？」我不免會這麼反省著。

二〇一五年底，我有機會應邀到大稻埕的「讀人館」演講，周盈成先生對我在演講中說的閩南語故事大表興趣，跟我提起有無合作出版臺語數位有聲書的可能。我生性人來瘋，也喜歡嘗試各種可能，仗著這段日子來的實驗成功，我很爽快就答應了。雖然我對臺語文的寫作全無經驗，也知道會是個高難度的挑戰；但盈成說這部分不用擔心，他自己本身就有個臺語的「世界臺」，可以提供諮商；再不然，也有一位深諳臺語的師大臺文所博士候選人林佳怡可以費點心思潤飾。我上去「世界臺」看過後，很驚喜，也立刻覺得在這麼堅實的後盾下是可以高枕無憂了。

誰知，問題沒那麼簡單。這些文章，不管是舊作或新寫，都是使用華文思考、行文習慣也是，直譯成臺語總是不那麼順暢，幸而兩位年輕人很有耐性，某些不夠口語的句子，承蒙他們花時間斟酌修改，雖然在一來一回的幾度交鋒中，產生保持文字自我風格與隨順讀者語言習慣的矛盾折衝，但這部分所產生的摩擦，相形之下，是比較容易克服的。

既然是數位有聲書，「語言」的重要性不下於「文字」。因為是母語，也經過長期的演講練習，本來天真的以為應該可以駕輕就熟的，誰知，真正進入錄音室後，才赫然發現原來我五音不全，念錯字被糾正，還能心平氣和；音調高低被密密麻麻圈出，幾乎每隔幾句，就被糾正，真感到萬分挫敗。

我辯稱：「語言志在溝通，聽得懂最重要，抑揚頓挫是個人的風格。」編輯堅持要正確。我看著滿紙天花般的修正標記，為難的再辯：「我年高了，反應遲鈍，顧此失彼，又要照應發音正確，又要照應不熟悉的發音，如今還要管聲調起伏，定會在朗讀時失了些生動，還是用原音呈現比較趣味吧。」編輯微笑著，溫柔而堅定。

我再接再厲：「畢竟只是散文集不是教科書，需要那麼嚴格嗎？有些是地方口音不同，或個人風格。就像許多作家喜歡用艱澀或略似搞怪文字如王文興、雷驤先生，好像也沒什麼問題，那麼嚴格常讓我舌頭打結哪。」

編輯道德勸說，沒有威脅，語氣像勸小孩好好用功，說：「妳已經很棒了，相對於初學者，你真是講得太好了。你可以的，一定可以的，放輕鬆就行了。」我威脅他們：「我的演講經驗告訴我，聲調不是問題，重要的是內容；而且往往準備越周到的演講越失敗，因為太求全，失了流暢的趣味。」

他們眼神誠懇，語氣委婉：「老師加油！你行的。」原來我先前在臉書裡備受臉友讚美的自我練習「廖玉蕙講古」都錯誤百出。說了大半輩子的臺灣話，竟然每一句都出問題。老實說，真覺不是滋味。那些日子，我日日練習且連夜做噩夢，好像怎麼樣也難以放輕鬆。

我跟編輯在攻防過程中不知吵架過多少次，立誓絕交過幾回合。年過六十的我，像個負氣的少年般，賭咒發誓、翻臉放棄，然後重拾破碎的心努力向學；年輕的編輯也沒在怕的，他們勇敢回擊聲討，然後隔段時間，再若無其事地來信討論後續。這事終於在惡聲惡氣過後的再接再厲下挺過來了，年輕人及老年人都覺自己委屈求全，餘怒未消。後來，經過後製，大家聽了錄音出來的成果都笑了。

於是，雙方前嫌盡釋，都深覺這樣的嘗試真的非常具有意義。除了前述臺語文的字辭及語音力求正確外，最重要的，這三本有聲書──《火車行過的時》、《人生哪會遮爾諏古》、《講一个故事予恁聽》有相當吸引人的故事，深具時代意義。裡頭呈現的是臺灣常民的生活樣貌，人情義理盡在其中。故事的場景是熟悉的，就在我們周邊的家庭裡、市場中、火車上、高鐵站、機場、醫院、公司行號，甚至政府機關，……從農村觀察到都會，從國內直寫到國外，從個人邂逅到官場現形。有市井小民的詬誶；有知識分子的虛辭；有醫病關係的觀察；有各行各業的百態。情感真誠溫暖者有之、虛偽狡詐者也不辭；內容有荒謬無稽，也有溫潤熨貼；手法則批判與自省兼具，喟嘆與嘲諷都有。選擇的題材非常多元，一以幽默有趣優先。

自從發願以母語出版一本有聲書後，這一路以來的辯證、掙扎與溫故知新，使得這個行動顯得既新鮮又悲壯；但無論如何，對我而言，使用臺語說故事和用臺文書寫的首次嘗試總算在寫作三十餘年後出航，臺語和臺文終於在此交會了，我自覺深具意義。容或其間猶有可資再斟酌之處或生澀之嫌，但只要已然出發，臺語和臺灣文學必擦撞出火花！從這角度審視，這不但是全新的嘗試，也是美好的開始，當然，最期盼的是能引發後續更多人的投入，不管是寫作或閱讀。

——原載於《廖玉蕙臺語散文集數位有聲書》，語力

從眾的「民俗」

——團圓飯

想要團圓，平日裡電話一通，兒孫就飛奔赴約；想要聚著吃頓飯，瓦斯爐一開，或網路上訂餐廳，都易如反掌。因為經濟狀況的改善和交通的日趨便捷，過年的團圓飯好似少了那麼點兒古早年代對豐盛飯菜的熱切渴慕和對好不容易才聚首的盼望。

但奇怪的是，能不能因此不回家吃團圓飯？又好像不行。君不見高速路上車子大排長龍；飛機場裡，人滿為患；高鐵裡自由座擠成很不自由；老父老母照常倚閭鵠候；市場和餐廳的生意一徑熱鬧非凡。

過年就是過年，過年就得有過年的樣子。不管平常一起吃了多少頓飯，團聚過多少回，除夕夜一切歸零；不排除萬難回家圍桌吃團圓飯就是行不通，否則，莫說難跟家人交代，自己也頗覺不安。

這就是從眾的「民俗」，無論人在天涯或海角都一樣。

——原載於二〇一七年一月三十日《自由時報・副刊》

作文是相互靠近的練習

多年前，國中生會考曾廢掉命題作文。其後，發現考試領導教學，廢考後，學生少了在課堂練習機會，似乎慢慢產生辭不達意的負面影響。經過有識之士多方奔走，教育部才在九五年恢復加考作文。

施測幾年下來，逐漸又有廢考的聲浪浮現，主要是針對會考中心公布的寫作樣卷而來。認為這些得高分的樣卷除了賣弄文藝腔外，還做作、矯情，充斥陳腐的教條且常言不由衷，看不出有什麼個人想法在內，純粹是沒話找話說而已，對語文能力的提升，沒有實質的幫助（史英語），而且因為競相前往補習班接受機械式訓練，淪為作文考試的機器，反倒扼殺了學生的興趣與自主創作的可能性。這個說法，雖不無道理，但我以為對應的方法，廢考乃下策，只是消極的迴避；身為文學創作者及語文教育工作者，我想提供一些較積極的思考。

一般都以為學生作文和作家的創作，最大的不同是「無話找話說」和「有話要說」的區別，其實大謬不然。作家除了主動投稿的不吐不快外，如今的報刊雜誌，常有計畫性約稿，和國、高中的作文一樣，都是先有主題的。所以，作者也經常得面對「命題作文」的挑戰；但因為平日就養成多觀察、常動腦的習慣，自然會有許多的故事和想法儲存腦中，題目一出現，只要在記憶庫裡搜尋，常常就有所得。同理，學生想擺脫在考場上無話可說的窘境，當然也得在平日多所儲存。

我去學校演講時，常被學生問到「如果看到題目時，腦袋一片空白怎麼辦？」我總笑說：「所以，你現在就該練習如何讓腦袋不會一片空白的方法。」所謂的方法說來並不困難，一種就是老師經常都會強調的閱讀，另外一種我以為更實際，就是平日多放眼周遭，多聽、多看、多想，題材其實無所不在。有了粗胚的題材，在課堂上，師生一起切磋分享看到、聽到或身受的故事和閱讀書本的心得，然後，試著將它寫下，寫作其實不像想像中那麼難。

重點是，老師本身有沒有動機求知？這裡所說的求知，包括知識的充實、討論技巧的汲取、凝睟注視生活習慣的養成。我以為對老師而言，教學經驗的分享是一條捷徑，應鼓勵老師多聽演講、多觀摩學習，多認真參與講習，集思廣益以豐富教學策略。

學生跟老師同步練習成長，我以為正是作文的目的，也是我覺得作文不應廢考的主要原因。它可以讓我們藉由觀察體會人情、用時相討論來切磋琢磨，落筆時，謹慎學會歸納、分析，為生活中的所見所聞找個說法；而閱讀賞鑑若找到訣竅，等於間接習得表達手法的周延及優雅。

蘇東坡說得好：「橫看成嶺側成峰，遠近高低各不同；不識廬山真面目，只緣身在此山中。」（咦？蘇東坡真的來了。但這是推進論述前行的有效徵引，有別於無進度的炫學）正因為人生經驗各個不同，也許我看到的是嶺、你看到的真的是峰，我們不必忙著爭論，大家都走到對方位置上看一看，就一目了然；課堂上的討論，一旦援筆寫下，就是觀看、理解、深思後的沉澱，是相互靠近的練習。用筆寫下文章，比光用語言討論，多了些細膩，少了點莽撞，學習作文就等同學習做人。

我一向強調任何的學習都應該是為了讓生活更容易，臺灣的作文教育卻似乎背道而馳，常聚焦在複製佳句格言和辭彙的華麗豐贍上，把學生困在修辭的牢籠裡，這由所選出的五六級分樣卷可以看出。但實際上，一篇好的文章，通常需要具備真摯無偽的情感、豐富深刻的思想和翻新出奇的手法，目前，老師的教學卻常只是要學生遵循起承轉合的套式並多加記誦；尤有甚者，記取一套模擬兩可的詩性語言，不管任何題目都東拉西扯硬性套用，這樣的文章在我的大考評閱經驗中經常遇到，既無「新意」、更無「心意」。作文沒有創意，不管內容或形式都是一種墮落，如此的作文教學，不但是無謂的浪費，甚至是應該接受撻伐的投機。

每年發布的學生作文樣卷，確實常存在某些厭套，但國中生正在起步，能寫到那樣也不是容易的事，問題在於範文的取樣過分偏重誇飾的修辭，這正反映出如今文壇的現況。學術界總是偏愛雕琢奇巧，中文系對現代文學的研究也總挑那些謀篇裁章或字斟句酌的作者，因為存在看似創新的技術在裡頭，比較有文學理論套用的空間，研究者較有發揮的餘地，這基本上也不是太壞的事。今日寫出字斟句酌文章的十五歲少女，只要不是太離譜，就算偶或有些過度文藝腔調也還無妨，也許將來經過歲月更多的琢磨，去其浪漫稚氣，就類似搖曳生姿的簡媜體文學。我們也不必以五十歲的成熟來審視、批判十五歲的天真。

文章自古以來就分兩派，一派簡樸，一派雕飾，讓學生知道作文不只有華麗的辭藻才能取勝，修辭過當跟內容陳腐都同樣惹人討厭，這點非常重要。若在閱卷或提出樣本時能兼顧二者，不要獨沽一味。讓情感真摯，想法有創意者，雖文筆樸拙，也同樣能得到知音的賞鑑，學生就不必盲目勤跑補習班，或動輒邀請名人出來助陣，只要充實知識並認真體驗、觀察生活即可。當寫出真性情的樸素文章也受到肯定，誰還需要用溢言曼詞入章句？當娓娓道出自己深思過後的想法，容或意見有些青澀，也能博得青睞時，學生又何需用諂笑柔色來揣摩閱卷者的愛憎？慢慢的，寫作風氣就會反璞歸真，作文就不再成為謊言競技場。

當然，既然是作「文」，就有別於口語，適度的文飾還是必要的。但文飾未必得全靠藻飾，以學生的一篇文章為例：古早貧困年代，父親出外謀生，母親臥病在床，舉家全靠祖母守著一間早餐店維生。一日，老師宣布要跟隔壁女生班合辦烤肉活動，但每人須繳一百元烤肉費。祖母以手頭不便為由拒絕，國一年紀的他，感受巨大的失落，也以拒絕晚餐抗議。次日晨起，心猶懷恨，忙碌的祖母見他下樓，朝他說：「出去玩要注意安全，錢放在廚房桌上。」他跑進廚房一看，「一百塊就放在桌上。」後來，那句話被修改成：「桌上躺著兩張皺皺的五十元。」一百元變成兩張皺皺的五十元，祖母做小生意的辛苦便躍然紙上。（就好像光說：「醫生是個良心事業」，就不如「當加護病房的門關上以後，就看醫生的良心了」來得有感且動人。）但也有學生反映「既然如此，何不逕自改為一百個銅板，凸顯更甚？」

作文的高下評比，往往就是「一張一百元」、「兩張皺皺的五十元」和「一百個銅板」的斟酌選擇。文學的手法過猶不及，如何得乎其中，往往是寫作琢磨的細微眉角，雖然文字同樣平實，色澤卻呈現出不同的亮度。

最後，國中會考作文的施測時間僅五十分鐘，我以為就算作家也未必能如此快速成章，畢竟像曹植般有能力七步成詩者少，時間不夠，只能憑著過往的訓練，不假思索、援筆立就。無暇細思的結果，只好複製制式文字來濫竽充數，難怪作文永遠千人一面。如果能將時間調整為七十分鐘，必有助於多方思考及周延照應，相信更能測出學生的真本事。

——原載於二〇一六年十月號《人本札記》

與時俱進的寫作教學

我的文學生涯起步晚，早過了傷春悲秋的年紀，一下子便躍入家庭和教育議題，當時並不自覺寫作對我的真正意義，總以為就是童年時在閣樓裡寂寞自語的延續，也充分享受著伏案筆耕帶來的快樂。

流年易逝、歲月堪驚，寫著、寫著、寫著，竟然持續了三十餘年。三十多年來，隨著兒女的成長、教學環境的變遷、社會氛圍的巨大轉變，我的筆由小我的記事、抒情，逐漸擴大到多元議題的間接或直接論述。作為一位主要以散文為載體的寫作者，不可避免的和現實世界強碰對撞起來。

「寫作的終極目的是什麼？」開始在我腦海裡浮出。除了起始的安頓身心、平撫躁鬱外，或許是擔任教職的影響，也或許是年齡的積累，我逐漸在記事、抒情之外，注意起外在環境的變化，筆下不自覺流露出某種程度的焦慮——對所處環境的焦慮，其中尤以文學教育為最。

資訊流通快速的今日，整個社會已然產生巨大的翻轉，但文學教育的現場卻似乎仍以不變應萬變。國高中的文學教育仍在修辭學中打轉，雖還不到「言必稱堯舜」地步，但明顯仍以格言佳句為尚、以複製八股思想為能，鮮少將教學目標擺在讓學生擁有更靈活的想像力及創意上。往上直探核心，這恐怕和師範體系的保守傳統和中文系的貴古賤今脫不了關係。在大學裡培養出一味順服的乖乖牌學生，這些學生一旦站上講臺就成為缺乏挑戰精神的老師，只知灌輸傳統及威權，如何能啟發學生獨立思考？

寫作的目的不在徵聖宗經、炫耀才學，不在編造唯美卻空洞的故事，而在於用真摯的情感寫出人生美或醜的諸多面相；或發揮想像力，用美好的文字、結構，創造感動人心的文章。米蘭．昆德拉曾在一九八五年獲得「耶路撒冷文學獎」受獎演說中提到文學的三大天敵就是「扼結樂思忒（不笑，沒有幽默感的人）、對於現成觀念的不思考，以及媚俗」，我們的學生卻彷彿正好都落入了這樣的語文教育困境中。老師一步步將學生帶進缺乏幽默感、對既成觀念不思考，卻使用看似甜美的浪漫文藝腔，包裝過時的陳腔濫調，企圖達到考試時取得高分的目的。（這由國高中考試中心選出公布的優秀標準卷中看得最分明）；離開校園後，則利用媚俗的手法捏造身世，參加文學獎來奪金，甚至複製他人的作品卻辯稱是致敬的方式。

曾經應教育部之邀評審教師組語文競賽中的作文，才恍然大悟學測裡的作文之所以千人一面，原來是先有寫出千人一面作文的老師。前幾天，又在不經意間看到一位致力推廣閱讀的高中老師，寫了一篇批判寶可夢的文章，但觀念之陳腐、文字之矯揉造作，滿紙不切實際的文藝腔調，真是讓人無法消受；卻聽說這位教師經常在媒體上或演講中為學生解決閱讀與寫作的疑難雜症，這真是文學教育中最大的隱憂。

文學教育需要的是更活潑多元的啟發，站在教育第一線上的老師得揚棄制式的窠臼，與時俱進地更新觀念，更重要的是設法習得和學生對話、討論的方法，帶領學生一起成長。

——原載於二〇一六年十月號《印刻生活誌》

此事非等閒

——我的第一本散文創作《閒情》

一九八六年五月，我出版了平生第一本創作專書《閒情》。那年，我已經三十六歲，相較於文壇上的早慧作家，我的創作起步實在太晚了。

約莫一九八五年三月，我在東吳大學中文系教授「明清小品文」課程。學生興起辦一份班刊的念頭，收集了同學作品後，找我為這個刊物寫幾句話。學生原來只是來邀請我寫個勉勵的短句，卻引發我開始思考明清小品文落實生活的意義，我以為從閱讀與實踐的角度著手，對教學而言也許更加有意義。

我想起曾經在一次課堂上發生的事。在課程的提問中，有人促狹問起：「老師剛才在雨中行走時，心裡在想些什麼？」我瞠目結舌，發現竟然對微雨無所感，只好開玩笑回答「若知下雨，應該會想到要保護剛花錢去美容院洗的頭髮。」看來當時在忙碌生活中匆促行走的我，一心想著柴米油鹽，早已失去年輕浪漫的情懷。

我所教授著的「明清小品文」所揭櫫的特質是寧奇、寧偏的獨抒性靈；旨在書寫生命裡的閒情逸趣，而在學生的提醒下，我反觀當時粗礪無感的生活，不免感到些許悲傷。於是，我援筆寫下自己失去年少時易感初心的惆悵。

當時也不知怎的，靈機一動，把這篇原本為學生班刊寫的〈閒情〉，先投遞到《中國時報．人間副刊》，這純粹只是偶發的靈感，想都沒想到，居然從此跟文學結下了深厚的緣分。

從那篇文章之後，人間副刊金恆煒主編持續用快速的登載鼓勵我，一年之內，我大量投稿同一家報紙副刊，居然積累了足夠出書的分量。

一九八五年底，已有幾家出版社陸續前來跟我洽談出版事，我正猶豫著，忽然金恆煒主動打電話問我有無意願給「圓神」出版社出版，我被嚇了一跳，著實可用「受寵若驚」來形容。依然深刻記憶著初次和「圓神」老闆簡志忠先生見面時，心情的忐忑，興奮緊張中夾雜著腼腆羞澀。飯館內，人聲雜沓，我卻只聽到簡先生客氣的聲音：「那我們就這樣說定了。」我的寫作生涯在「就這樣說定了」的承諾後徐徐展開，如燎原之火，延燒至今，沒完沒了。

我雖然寫作出道晚，但對文壇並不陌生，我還不到二十歲就進入當時頗富盛名的文學雜誌《幼獅文藝》打工，大學畢業後，成為正式的編輯，與作家們時相往來，堪稱閱人多矣。但出版第一本書的意義重大，我的起步雖晚，卻因為金主編幫我選了一個好頭家而有了美好的開始。「圓神」在當時算是後起的出版社，它創設於一九八五年，打先鋒的十位作者幾乎都是當時我相當敬重的文人，如逯耀東、董橋、雷驤、莊因……，我能跟他們比肩並列，當然感受無限的榮寵，這就是我「受寵若驚」的原因。

《閒情》出版後，銷售狀況雖然不似先我在圓神出版的龍應台《野火集》的狂銷，但以文壇新人來說，算是狀況不錯，很快就上了暢銷排行榜。楊照曾針對《閒情》寫了篇〈此事非等閒〉的評論說：

「《閒情》展現了一個現代女性透過文學來接近社會現實的一條新的路徑。廖玉蕙文中保留了女性文學中特有的『我』中心感，緊密親和的關懷，然而卻又加進了特殊的抗議，抗議一個大環境錯綜複雜的力量加諸於一個現實人身上的荒謬，與抗議一個較合理、較人性的過去被早熟、速食的現在所吞噬，這些對歡呼了三十年奇蹟之後正逐漸悲嘆高額發展代價的臺灣社會而言，是十分切題的。廖玉蕙找出這樣的一條路，是臺灣社會的幸運。若是因此而能刺激某些徘徊於龍應台與席慕蓉之間的現代女性，有一個更清醒的視野，了悟到女性文學尚有無限大的天地，那麼就更是臺灣女性的幸運了。」

這篇寫於一九八六年十一月號《聯合文學》的評論，當時固然大大鼓勵了我，直到今天讀來，仍舊深得我心。楊照可謂知音，他完全道盡我的寫作初衷；而這些年來，我也的確執守「緊密親和的關懷」綰合「特殊的抗議」的精神，無論是親情書寫、師生關係的描摹、教育現場的探索或社會現象的觀察……，其實都延續《閒情》一書的精神，只是題材開枝散葉，日益寬廣，在議題的探討上力求更加細膩、深入而已。

現在回顧那樣一本寫於三十年前的書，不知怎的，格外懷念那一份單純的「對荒謬微笑」的嘲諷，事件單純，情懷溫暖，雖然直視荒謬也頗有警覺，卻對人世保有一份天真的寬諒。當時，我的兒女都還幼小，母性的慈和正飽滿，寫作時的力道必然受到心情的影響，就算抗議，也只都點到為止，欲說還休。歲月使人增長，年歲讓人在某些待人處事上更加圓融，但我希望就算在人情上能做到「和遺憾握手」而不以為忤，但對所謂的制度仍必須抱持嚴厲的求全，因為，就如楊照三十年前所說：「此事非等閒」。

——原載於二〇一六年四月《我的初書時代——臺中作家的第一本書》，遠景

用文字記錄下他們的成長

——《與春光嬉戲》序文

《與春光嬉戲》的寫作，是我由閱讀走向寫作的起始，我把它視作生命中最為寶貴的經驗。

以寫作年齡論，相較於許多早慧的作家，當時的我已不再年輕。我常慶幸，幸而是在這樣的關鍵時刻開始動筆，我已進入婚姻，不再傷春悲秋，性格裡的敏感多情因之得到適度的節制，寫作才沒有落入過度的濫情；也幸而當時已經當了老師和母親，我的眼睛凝視的角度迥異於年輕的浪漫，開始務實地將教養承攬為生活的重心。

不由得要讚嘆生命的奧妙，也不知是因為何種緣分，就在那刻——孩子約莫五、六歲的那刻，我莫名其妙遇見了寫作，之前，我原本有許多機會跟寫作結緣的；我早早側身文壇，和詩人共事，但寫作沒在那時找上我，我好像也沒覺得特別遺憾。然而，凡事水到渠成，因為一雙兒女的牽線，我慢慢將屬於他們的故事寫下。書中那般新鮮的生活觀察，在寫作多年後的今天回頭看，雖不免生澀淺淡，卻讓自己依然如此動心。當我在幫孩子做勞作之際，忍不住跟稚齡的女兒嘮叨：「我真倒楣耶！哪像你們這麼幸福。你們啊！是運氣好，碰到我這種媽媽。」女兒仰著頭，愛嬌地回我：「其實，你也很幸福耶！你可以愛我們。」童音清脆，卻如雷貫耳，五臟為之震懾。可不是！並非人人都能輕易的愛其所愛，是童言稚語開啟了我至今近三十年的持續寫作，因為愛。

因為愛。愛是一門多麼高深的學問，是一門必須永續探求，無止無盡的課業；其中眉眉角角，一輩子說不清。我的筆就隨著際遇，在親子、朋友、師生、同事及一些看似沒有關連的社會人士間遊走。我在敲下每個字的同時，也不斷地進行反芻，子女教養、學校教育與社會關照都因之不斷反省、更新。其中，《與春光嬉戲》一書最具意義，因為若沒了它，其他的書寫都不會出現。

我也必須說，雖然歲月教了我好多，但逐漸讓我心平氣和過日子的，卻不是求之於外的知識，而是原本就在內心深處滾滾跳動的那顆「赤子之心」。我就帶著它，好奇扣問孩子們的童年時光，並分享兒女的喜樂憂愁。稚子的童言童語，是母親最珍貴的記憶，常常在困頓灰心的生命轉彎處，涓涓流過疲憊的心靈，提供我最昂揚的潤滑劑，讓艱困變得容易、粗糙變得溫柔，與其說是我陪著孩子長大，毋寧說是孩子顛狂的腳步，鍊就了母親堅毅的生命熱力。

回首過往歲月，不禁要微笑起來。曾經顛仆學步、對世界充滿好奇的孩子，也終於想盡辦法、甩開母親不放心且亟欲引領的雙手，昂首闊步於屬於他們自己的人生行道。那位成天「為什麼掛在嘴上的男孩」，已經自組了家庭，並生下了女兒；那位可愛卻孤單的小女兒，如今依然清純可人，毫不沾染俗氣。當年，都猶稚齡的兒女，如今，已然年過三十，我幸運地用文字記錄下他們的成長。此刻再重讀這些屬於舊日的記載，心中雖交纏著莫名的惆悵，更多的卻是欣喜。

——原載於二〇一四年新版《與春光嬉戲》，九歌

如果不是你

去年夏日，我們升格為阿公、阿嬤；今春，老家的庭園改造工程完工；園內蓮花綻放的八月，我的散文集《在碧綠的夏色裡》出版，我在題贈給你的新書扉頁題上：「當塵色與山色集於一身，何妨轉身看看夏日盛放的蓮」，然後，我毅然提前退休，夫妻二人相偕告老還鄉。

如今，園內，明顯有了秋意，落葉滿地，就像我們的人生。然而，秋日的景致風情別具，也不盡然只是蕭颯。桂花依然飄香；百香果垂懸高高的架上；九重葛的紅色花朵怒放。窗外，穿著簡便衣著的你正彎身撿拾落葉、割除雜草，我則時而隔窗望你，時而埋首寫作；樂音在室內輕聲環繞，屋外飛來黑冠麻鷺一隻，正大刺刺在大門內悠哉遊哉散步；不遠的地方，則有我們的兒女、媳婦和小孫女深情的眺望。這樣的日子，今生我們擁有了，真是何其幸運！

回首多年前的夏日，在媒人的引導下，你身著西裝、手提布巾包覆的禮盒前來扣門相親，我則一身牛仔裝束揖客入門；傳統和現代的碰撞，意外擦出火花，A型雙魚座的感性對上了O型天秤的理性，從此就在「我拚命加油，你頻頻踩煞車」的生活模式裡重複磨合，尋求折衷之道。

回想起來，生命裡的逆境原來如影隨形：工作的忙碌、挫折；房貸償還的焦慮；教養理念實踐的不易；人際關係的揣度、琢磨；甚至最難跨越且無法迴避的生離死別。有的隨著年齡更迭逐漸成為不值一哂的曾經，有的鐫刻心底，畢生無法忘懷。一如軌道上行駛著的小火車，爬山越嶺時，氣喘吁吁；穿越平蕪時，駕輕就熟。這種種持續堆積的起伏高低，無論瑣碎或巨大，都成就了今天的我們，我真心慶幸——我遇見了你。

如果不是你呢？我常在不經意間想著、念著。

如果不是你，有誰會無怨無尤的包容我的粗疏？如果不是你，有誰會如此全心全意支持我？當我埋首寫作時，你帶開稚齡的兒女；當我心煩意亂時，你靜靜傾聽；當我遭遇不公平對待時，你與我同仇敵愾；當我偶或得了榮耀，你欣喜與共。相對於我的躁急，你是如此心平氣和，讓人安心。如果不是你，我不知今生會變成怎樣，但確定不會更好。

就因為是你，我有了讓人豔羨的婚姻，有了自由發展的空間，也有了幫助家人的力量。有些話不必說也不會忘記；有些事不須再提，也永遠新鮮。

娘家父親過世後的某個清晨，你離家上班前，在門首殷殷叮嚀即將返回中部的岳母：「星期六，我們公司舉辦到內灣的郊遊，您一定要在星期五以前再來臺北哦！我帶您一起去。」那樣的早晨，晨曦微微，而我只能躲進棉被裡感激流涕，為你體貼我娘乍然喪偶的寂寞，且及時付諸行動、奉上溫暖。

其後的某一年，當我進入考試的闈場命題，十天後解禁歸來的黃昏，母親在廚房內邊摘著菜芽、邊告訴我：假日裡，你曾帶著她上牯嶺街補足飲恨遺失多年的幾本瓊瑤小說。我看著母親喜極發亮的雙眼，不禁紅了眼眶，為你記住了她的遺憾並貼心為她補恨。

當母親年邁病弱時，我接她前來頤養天年，你非但毫無微辭，且侍奉湯藥，殷勤更甚於我。母親病痛、脾氣壞，讓你受了委屈，你也從無怨言，我件件看在眼裡，記在心上。而母親臨終前，在醫院病房內用微弱的聲息對著你落淚道謝的言語，我更字字掛心，不敢一日或忘。

近日，你更認真規畫三天兩夜的十八人家族旅遊行程，領著拄杖而行、或身體狀況都已傾頹的我家兄姊、嫂嫂，在兒女的協助下，南下高雄看黃色小鴨。安排交通、預訂食宿，我見你戴上老花眼鏡凝神翻看指南，燈下的白髮星星，教人既感動又不由心驚。

因為你的厚道，使我朝向溫柔；因為你的澹定，讓我變得節制；因為你的沉穩，提醒我放緩顛狂的腳步；因為你的慢條斯理，造就了我的動心忍性。因為你的好，惕勵我得設法變得更好。

這兩天，我翻閱你赴美進修時，兩人往返的信件，很多前塵往事都悠悠回到心底。那段你遠赴異域求學的日子，我獨自扛起生女、育子、探視公婆的重擔，曾經艱困難熬，信裡我曾數度感嘆生活裡顏色灰敗，無暇仰視藍天。然而，距離也因之產生了美感，頻頻抒懷記事並遙寄思念，不經意間練就了我書寫的習慣與技藝；因不斷反芻生命的況味，思考婚姻的真諦，而養成了凡事多角度審視的客觀反省，我將之視為婚姻的轉捩，寫作的動機。造化不弄人，它只是奧祕，我們得費勁兒揭開它層層的神祕面紗，才得以識透生命積澱的意義，咀嚼它多層次的滋味；而我肯定歲月真是最佳的化妝師，時移事往，所有的經歷，不管是好是歹，因為夫妻胼手胝足，都被它粉飾成了記憶中最美麗的故事。

回顧往事，真有無限的感激。因為幸運之神的眷顧，在那年夏日讓我邂逅了你。經過了幾十年的春耕、夏耘，我們終於也走到秋收的路上。忽忽三十五年就這麼的過去。我猛地憶起多年前恩師曾提點我的：「一生最重要的那件事做對了，就對了。」當時懵懂，不知何指，如今，忽然明白了！我要俛首悄聲告訴你：「我做事總是莽撞，只有終身大事誤打誤撞地做了最佳的選擇，因此，一切就都對了。」

——原載於二〇一五年一月號《老花眼公主的青春花園》，天下文化

輯四——魔幻時光

愛在「吾愛人」

東郭子問道於莊子！莊子說「道，無所不在，在螻蟻、在稊稗、在瓦甓，甚至在屎溺。」結婚三十餘年，她深刻領悟，愛情也是存在家常的每個細節裡。

01 愛在咖啡

午後，她從電腦前起身，打著呵欠、伸著懶腰說：「若是此刻能喝上一杯咖啡就太好了。」

丈夫立刻取過咖啡及工具，開始煮將起來，還一邊搖頭、一邊嘮叨：「只要說一聲『能喝上一杯咖啡就太好了』，然後，就等著人伺候，你這人真是……」丈夫說話總像是一題題的填空題，永遠的留白，那留白可真靈動，答案多端。

她喝下一口香醇的咖啡後，很驕傲地將留白填入：「是啊，我這人就是『聰明』！誰叫你挑的太太遠遠不如我選的丈夫！」

02 愛在扣子

出門前，取出近日常穿的軍綠色外套，跟丈夫說：「這件外套好難穿，老是找不著穿進袖子的地方，還常穿錯洞口；就算穿進去了，整件衣服穿起來也很彆扭，不知道哪裡怪怪的。」

丈夫接過衣服，瞧了兩眼，笑起來說：「當然怪怪的啦，毛襯裡跟外套結合的十五個扣子掉了七個，其他的八個扣子中還有一個扣錯外套的扣孔，虧你還穿得那麼起勁兒。」

經過目視診治過後，隨即進入開刀房。丈夫取出針線，就在燈下幫她縫補起來。拆下原先擔任接合毛圍巾的六個扣子（毛圍巾一接上像是要去北極似的，所以被拆下閒置），將它們縫在正確的位置上。穿上後，果然輕鬆舒適多了。

穿上整修開刀完成的外套出門前，她沒忘親切地跟家裡的外科醫生致謝，當然也沒忘自我標榜一番：「我是發現者，你是改革者；我是理論派，你是實做派，我們在家裡的角色算是平分秋色。」

03 愛在Shopping

一家三口提著血拼來的大包小包走在熱鬧非凡的人行道上，感覺街景真是一整個絢爛閃爍。正當她沉浸在浪漫的氛圍中，回味 Shopping 的快感，男人忽然朝女兒說：「你媽真是豪氣不減當年！買東西毫不手軟啊。」

男人又說起陳年往事：「婚前，才第二次約會，你媽請我陪著到百貨公司購物。一進櫃檯，她點這、點那，不問價錢、絲毫不猶豫地、豪邁地請人都包起來，才不過十分鐘左右，一口氣大包小包拎了出門，嚇得我思前想後，好久不敢再去找她約會。」

「拜託！這件事是要講多少年才夠本啊！不過就是忍了一整年才花那十分鐘買東西而已；不過 Shopping 癮就湊巧在約會那天發作而已；不過就是拿你當知己，不掩飾、不裝模作樣而已，有那麼令人難忘嗎？」她理直氣壯地搶白，丈夫呵呵笑著。

04 愛在夢中

男人怕熱，卻習慣性地睡在冷氣吹不到的左側。一晚，她建議易位而眠。半夜，忽然聽到「碰！」的一聲，她被聲音驚醒，扭開床頭燈，發現男人跌落床下。「怎會這樣！」她驚問。

男人掙扎著起身，四顧茫然，訕訕然說：「我做了個噩夢，我們被賊人追趕，為了救你，我翻身滾下斜坡以引開敵人，沒想到居然真的掉下床去。」

雖然時隔甚久，她每次想起男人為她引開敵人而捨身，都還滿感動的！雖然只是一場夢。

05 愛在「吾愛人」

吃東西毫無創意的她，常去住家附近的同一家館子，也吃不膩；同一家的湯圓一吃好多年，從沒想到試試別家，簡直是吃食界的敗類，到日本旅遊死性不改。

第一夜在鹿兒島的「吾愛人」薩摩料理，盤腿坐在榻榻米上，吃了值回票價的食物。第二晚，想去吃點別的，特地跑到車站附近的甲突川去賞櫻；沒料到竟然又看到「吾愛人」薩魔料理的城中分店，不知怎的，不小心又走了進去。

她跟丈夫笑說：「我的婚姻難怪如此固若金湯。走啊走的，老在同個人、同個地方打轉，不管走多遠，都只願意走進『吾愛人』。」

——原載於二〇一六年三月七日《聯合報・繽紛版》

針鋒相對

01 繞一下

她喜歡「繞一下」。

開車出門去購買咖啡機。女兒說：「能不能繞一下先去東門市場拿我改好的衣服？」她說：「當然！我最喜歡繞一下。」

沒錯，她喜歡繞一下。去外頭吃飯的回程，繞一下，到Cama買一包新鮮的咖啡豆；去運動中心跑步後，繞一下，到中正紀念堂觀看老人家們下一盤棋；出門逛街後，繞一下，到隔壁巷子裡去仰頭驚嘆鄰家那株結實纍纍的芒果樹；去麵館吃碗牛肉麵，繞一下，到附近即將拆除的老社區流連、流連；走路去外頭吃自助餐，繞一下，拐到另一條街看看櫥窗那件漂亮的衣服賣出去了沒？……繞一下，

繞一下，……她真的喜歡繞一下。

家裡的男人不喜歡這樣，他喜歡專程做事，每次一件。她常叨念他不知變通：「繞一下，有什麼關係！有時可以省下許多時間。」男人不以為然，說：「應該要做的事，就該專心當一回事去做；本來可以不做的事，有時，繞一下是更浪費時間。像你每次繞一下，不總是出亂子？買了一櫃子穿不上的衣服！」她聳聳肩，深不以為然。

那天，打開報紙，發現社會版、政治版甚至國際版，緋聞滿天飛。她暗暗呼了一口氣，慶幸家裡的男人擁有美好德行：「如今，不喜歡繞一下的男人可真不多啊！」

——原載於二〇一一年十一月二十八日《聯合報・副刊》

02 以防失智

老人失智的電影，近年來不管東西方都大量出現，顯見失智病患日益增多，也可能是老人時代來臨，是高齡化社會的正常趨勢。

看了日片《去看小洋蔥媽媽》，其中失智的老媽媽不停的哼唱一首少女時候唱的老歌。電影在縈繞的歌聲中悵然結束。她伸了個懶腰跟丈夫說：「我有預感我的下場很有可能會像她一樣，只會喃喃唱著某一首歌，屆時請你得多擔待囉！」

丈夫冷靜提醒她：「那你現在至少得認真趕緊學唱一首，否則到時候會找不到歌唱。」

——原載於二〇一五年十月號《香港文學》

03 何時開始？

朋友用心推廣他們家鄉的白米，說是不用農藥、不施化肥，兼顧生態復育、尊嚴勞動與公平貿易。她是米食的忠實愛好者，既然有諸多好處，少不得要買來嚐嚐；何況這位可敬的朋友成天憂國憂民，為弱勢請命、為環境汙染不辭辛勞的抗爭，她無法跟他一樣腳踏實地地盡心盡力，買些米滿足口腹、順便給老朋友捧捧場總是應該的。

填了訂購單，請丈夫幫忙傳真。沒料到一整個早上搞得滿頭大汗，傳真機就是不合作，不停唧唧作響，資料就是傳不過去。女兒下班，猶如救星歸來，三兩下就解決問題。

丈夫喃喃叨念：「奇怪！我前幾天還傳過，都沒問題啊！」她真不喜歡這樣的老辭兒，回丈夫一句：「是啊！以前你也沒有高血壓，我也沒有手麻；你媽還在，我爸也沒往生，人生的崩壞總有個起頭。傳真機也不可能長生不老，壞掉本來就在某一刻……」

說得正順暢，正想大肆發揮一番！丈夫截斷她的話，說：「是啊！我太太以前也很青春年少，講話也簡單俐落，不知從什麼時候開始囉哩囉嗦的？」

——原載於二〇一五年十月號《香港文學》

04 血統純正

小孫女有個壞習慣，不喜歡的事，常常裝聾作啞，悶不吭聲。作為阿嬤的她常常連問幾聲，孫女都不搭理。

那日，丈夫開車載著她和小孫女出門。她以其人之道還治其人之身，也對小孫女的提問來個相應不理。孫女急了，一聲急過一聲的喊「阿嬤！阿嬤！」她才正色回她：「你看，如果你問我，我也不回答，你是不是會很生氣？」小孫女沒說話；阿嬤加碼教導：「出聲音回答別人的話是一種禮貌，你不能跟阿公一樣養成這種不言不語的壞習慣，知道嗎？」

她感覺車子驀地一晃的，隨即恢復正道。正開車的丈夫無端中箭，出聲回應：「確認是我的孫女無誤，血統純正，不必去驗DNA。」

——原載於二〇一五年十月號《香港文學》

05 說來說去

為了細事，夫妻二人意見相左。妻子伶牙俐齒，步步相逼，他自知不敵，訕訕然進裡屋悶睡。

朦朧中，忽覺妻子趨近，情辭懇摯地懺悔：

「有時候，我實在很囉唆！你就多寬諒吧！」

他乍自夢中醒轉，一時之間納悶這番一百八十度的轉變到底是黃粱一夢抑或真實人生？妻子婉聲自我反省：

「我這人的毛病就是喜歡追根究柢，太過認真，所以常常讓人感覺咄咄逼人，太過犀利。從今以後，一切都聽你的，沒什麼事值得堅持到傷了和氣的地步！我們結婚也不是一天半日了，就請你多擔待囉！別一生氣就跑去睡覺。……」

他終於清醒過來！想到好強的妻子不知經過多少峰迴路轉的自我說服才如此委曲求全，正想好好表揚她一番。還來不及開口哪，妻子兀自接著說道：

「可是，說來說去，這到底還是你不對！你若是不講那些邏輯不通的話，我又何至於必須絞盡腦汁來糾正你！」

——原載於二〇一〇年八月十五日《聯合報．副刊》

06 茄子與下巴

置身市場中，他老記不起岳母的交代，茄子該買尾端圓的還是尖的，據說兩者口味差很大。女兒教他記住的竅門說：「你想一想媽媽的下巴就對了，尖的。」欸！方法真不錯，依太太的下巴買茄子，果然不出錯。幾年過去後的某日，他買回圓尾茄！「女兒不是跟你說了！想想我的下巴嗎？怎麼還買圓的！」太太生氣了！他愣愣看著太太渾圓的下巴，不知錯在哪裡。

——原載於二〇一一年六月二日《聯合報・副刊》

07
反應

每次跟丈夫說話，他總是沒有反應，自顧繼續看書、看電視，做家事。若跟他抱怨，他就推說沒聽見。

一日，她懇切地跟丈夫建議：「自從你上了六十歲後，我發現你的耳朵好像開始嚴重退化。每回跟你說話，你總是沒聽見。要不要去找個醫生看看？」

從那之後，只要她一開口，丈夫立刻將抽油煙機關掉、將電視轉為靜音或立刻放下手邊的書本，迅速回應，瞬間變回耳聰目明，活脫個年輕小夥子。

——原載於二〇一一年八月二十八日《聯合報・副刊》

08 無聲勝有聲？

一向沉默男人，最近略有改變，常常跟太太分享閱讀經驗。近日正看《蘇聯短篇小說精選》。一路上，他跟太太講述尤利．卡札可夫寫的〈島上的愛情課程〉，鉅細靡遺的，從路途直到飯桌上，很戲劇性地說著，輔以誇張的手勢，神采飛揚，將一個尋常的小說講得非常迷人，太太發現原來他是個很會說故事的人。

太太取出相機幫他攝相，他卻突然變得期期艾艾，直拿手帕擦汗，非常有趣，太太忍不住哈哈大笑。想到以往每回夫妻二人外出吃飯，他總是悶不吭聲，非常專心地對付眼前的食物。太太老逗他說話，說別提早讓人看出老夫老妻的無趣與無情，他總回說：「他們知道什麼！人生最高境界是無聲勝有聲。」然後，依然維持不言不語，讓太太一人卯足了勁兒逗引、獨白，他只偶爾從鼻子發出「嗯」的一聲。

太太常跟兒女訴苦：「女人的嘮叨，根本是男人造成的。說話應該像打乒乓球，要打得久，一定得做球給對方打回來。你爸不按這規矩來，老把我打出去的球放進他的口袋，或乾脆用盡力氣狠狠殺下去，害我接不住，我準備再多的球也不夠用啊！」孩子們異口同聲勸媽媽：「哎呀！這個男人你又不是第一天認識他！」

如今看來，形勢一片大好。不知是進步飛快或潛質優秀，他瞬間從「無聲勝有聲」進化到唱作俱佳。

09 一場大夢

午後，母女倆在客廳裡聊得起勁。男人漲紅著一張臉從裡間出來，鬆了口氣地說：「晚上，有乾淨又暖和的棉被可以蓋了，我一個人把冬日的棉被都拿出來且換了新被單。」

她轉過臉，氣虎虎地跟他說：「幹麼不叫我們一起幫忙！你這人就是這樣討厭。我們也沒幹什麼正經事，光就坐著說說話，幹麼不叫我們！三個人一起來換被單，簡單又快速，你一定要這樣把自己搞得滿頭大汗嗎？」

說完，自覺不良，回頭跟女兒說：「辛苦又挨罵，這樣跟你爸說話是不對的，可怎麼就忍不住。」然後，再向著訕訕然走回裡間的丈夫背影遙遙喊話：「謝謝啊！以後別一個人這麼辛苦啦！」

被陽光親吻過的棉被，又暖又舒服，晚間入夢，一覺到天亮。轉身看到身邊的男人棉被鼓鼓的，安心地又進入夢鄉。隔了一個鐘頭，又醒來，轉頭還是鼓鼓的棉被，轉身再睡。如此者數次，感覺外頭天光已然大亮。不對勁！一向勤奮的丈夫難不成病了？怎麼還不起身？趕緊掀開棉被！裡頭居然空空如也。男人不知何時使用金蟬脫殼術，不在棉被內了。

她用著老花眼看向電子鐘，已然上午十點！一個箭步衝向客廳，男人正好提著大包小包的魚蝦青菜開門進來；女兒則在客廳低頭擦乾剛洗過的頭髮，說：「去外頭跑了好幾圈才回來。」

外頭陽光燦然，她的這場大夢，真可媲美南柯太守了。

10 缺乏信心

聊天談到行將進入老人之林，她說：「我萬萬不想被歸類為老人，像我這麼年輕的樣子。」丈夫說：「等到你搭車時，就不會這樣說了，每次不都羨慕可以坐博愛座。」

她辯稱：「誰說，我怕坐上博愛座時，別人會因為我太年輕而投來異樣的眼光。」丈夫說：「那你就是太缺乏信心了……」

「誰說我沒信心！我就是對自己的年輕深具信心。」她急急反駁。丈夫不疾不徐地回說：「我是說，那你就是缺乏信心當老人。」

——原載於二〇一五年十月號《香港文學》

魔幻時光

01 一雙對主人失望的涼鞋

夫妻倆邊走邊聊，她瞥見男人腳上的涼鞋，說：「怎麼每次出門就看你穿這雙鞋！

男人回說：「它好穿啊！但實在太舊了，起碼服役有十多年了，算是仁至義盡。我想，十月底去希臘時穿著去，就不穿回來了。」

她說：「這樣不好吧！它為你服務了十多年，你竟打算把它丟棄在異邦！未免太殘忍。上回，我穿去大陸的那雙舊鞋，原本也想把它丟在當地旅館的垃圾桶裡，但最後想想，還是不忍心它孤伶伶地跟一群操著外地口音的垃圾為伍，勉強將它塞進隨身包包，攜它回來扔進自家的垃圾桶內。」

男人笑說：「你想太多了！」她說：「怎是想太多！讓它留在大陸，至少語言還是通的；留在希臘，可真慘。希臘話應該沒那麼容易就學會，連跟鄰居聊幾句都不成，這雙涼鞋的晚景未免太淒涼了。」

話才說完沒三分鐘，鞋帶忽然應聲脫落，兩人同時心裡一驚！莫非鞋子聽到他們的對話，心生愁慮，竟憂憤地當場自殺了？

「願它安息在它所熟悉的土地上。」她默默地在心裡祝禱著。

——原載於二〇一五年十月號《香港文學》

02 被深情凝視的水

有人建議，乾眼症不舒服，可以將寬口保溫杯裝上熱水，拿條毛巾將眼睛和杯子同時圍繞，然後，將眼睛趨近杯口蒸一蒸，如此，不必刻意去買昂貴的蒸眼罩也可以達到蒸眼的效果。

於是，接連幾日，她早、午、晚各蒸一回。遵照囑咐不用太熱的水，睜大眼睛定定地凝視杯裡的水，再眨呀眨的，幾分鐘就行。然後，問題來了。蒸過眼睛的開水能不能喝掉呢？連日乾旱，電視裡不時有政府官員呼籲節約用水，且三天兩頭威嚇：「老天若是再不下雨，就得分區定時定量供水。」

女兒趨近水壺要倒水喝，她問女兒要不要喝她眼睛凝視過的溫水，女兒客氣地說：「不用了，謝謝。我怕連我的五臟內腑都一併被你的眼睛給監視了。」一會兒，換成她的男人，她又拿著那杯水過去推銷，男人看都不看，想都不想，斬釘截鐵拒絕。

她好失望，委屈地說：「就這樣倒掉太浪費了吧！是沸騰過的乾淨開水，只是經過本人的雙眼凝視過的，一點汙染也無，為什麼你們都不敢喝？敢情是歧視我的眼睛？」男人立刻還擊：「既然這樣，為什麼你不自己喝掉它？」她辯稱：「又沒有人請我喝，何況我也不渴。」

後來呢？那幾杯水的下落。

待溫水慢慢變涼後，她有時將它倒進電腦旁的花瓶內；有時倒進盆栽裡；有時澆在泥地裡正爬升的九重葛上，打算讓這些水撫慰瓶內、盆內及地上的綠色植物。

那些被眼睛凝視過的水滋潤的植物果然一如三生石畔的絳珠草一樣，回報了她的盛情，不但長成枝繁葉茂，其中一株且開出了兩朵眼睛似的花兒來。

——原載於二〇一五年十月號《香港文學》

03 味道

母親死了！她小心翼翼地從母親冰冷僵硬的脖子上取下圍繞著的紫色圍巾，順手圍到自己的頸項。剎那間，母親的特殊氣味撲鼻而至，她微笑著，覺得母親猶然活著，和她緊挨著。幾天後，圍巾上母親的氣味漸失，終至完全絕跡。

她從櫥櫃內，翻出母親臨終前時常穿著的外套，日日夜夜穿著，不時低下頭嗅著，像獵犬追索獵物一樣。接著，母親的內衣出籠，母親的帽子、手套、睡衣相繼出現……。幾個月後，母親的味道從圍巾消失；從外套出走；從內衣、睡衣逃脫；從帽子、手套邊遁去……大熱天，她渾身裝裹著母親的遺物，像臨終前的母親一樣，雙腳交疊，兩手支頤，成天坐在客廳的沙發上發呆。進門的人，乍看都嚇了一跳！

母親走了，她把自己坐成了母親。

——原載於二〇〇八年三月二十三日《聯合報·副刊》

04 先走一步

因為心腸柔軟，他老沒辦法拒絕別人。

學生請求指導論文，即使已經不堪負荷，他也苦笑著應允；同行商請審查學報論文，即使手上已然囤積多篇，他也說不出拒絕的言語；報紙主編邀約寫稿，縱使已經兵疲民困，他也勉為其難。因為務求周到，他老處於左支右絀的窘境。開會時，他一逕來去匆匆，滿頭大汗，若非剛從其他場合脫身趕來，就是緊接著還得趕去他處開會。他從未從容安坐任何一個場子，從頭到尾。

他永遠低頭致歉，抱歉自己遲到、歉疚自己得提早離開。他的口頭禪是：「對不起！我得先走一步。」

最終，因為過勞，他真的如他常說的「先走一步」，身體仆倒在趕稿的桌上，精神匆匆奔赴和死神的約會。

——原載於二〇〇八年五月二十七日《聯合報・副刊》

05 魔咒發威

長久以來的經驗告訴她，牌桌上，絕不能接B的電話，每回只要接完她的電話，幾乎全無例外地立刻兵敗如山倒。可是，B熱情洋溢，殷勤問候的電話不斷，她幾乎躲無可躲。

B的電話成為她牌桌上的魔咒。為了避免悲劇再度上演，她縝密思考防範策略。一回，趕赴牌局前，為防堵所有B和她聯繫之必要，她將所有事件全預做安排。譬如：先行致電主動問候，並告訴B，已將她要借閱的資料，交代給在家靜候的佣人，請她過來取去即可，不必再以電話聯絡。她被自己的睿智感動，以為萬無一失了，得意洋洋地驅赴戰場。

牌運果然大好！她正勢如破竹，銳不可擋，電話鈴響，傳來B感激的聲音：

「謝謝你哦！資料我已經收到了。」

魔咒立即發威。通話結束，她真的從此一蹶不振。

——原載於二〇一〇年七月二十六日《聯合報・副刊》

06 相似度

上海機場的候機室，酷似作家王文興的男子端坐。臨座的旅客無意中發現，壓低聲音向同團的朋友傳告：

「王文興耶！」

於是，整團的旅人都假裝若無其事地斜眼偷瞥，然後展開竊竊私語。一位看起來頗具權威的教授端詳過後，斬釘截鐵地指正：

「不是王文興啦！我見過王文興本人，比這人高，臉也比較圓，……不過，的確看起來很像王文興，相似度高達百分之八十。」

因為語氣肯定，眾人無異議地被說服。麥克風隨即傳出登機的呼告，那位酷似王文興的男子拎起行李，站起身，轉頭微笑致意：

「其實，我就是王文興。」

眾人大吃一驚！原來王文興和他自己本人的相似度也只不過百分之八十而已。

——原載於二〇〇八年十二月二日《聯合報・副刊》

07 打死不肯退休

一位聲稱愛好文學的業餘投稿者，每天抓緊時間，在工作的隙縫勤奮地閱讀臺灣的副刊，用盡心思苦苦探討各報主編與被刊登作者的文字血緣、勾勒他們之間可能的利益輸送，在他不以為然的篇章上畫紅線、作眉批，激憤地用血紅的筆和低俗的字眼血淋淋地臧否退他稿子的各報主編們，然後，影印幾十份，放進信封、貼上郵票，連同不知從何處蒐集來的隱私照片，向相關單位及文友廣為投遞他的不滿，然後，躲在暗處享受暗箭傷人的快感。他賴此維繫盎然的生趣，雖然，所有的利箭和他寫出的稿子一樣，最終都只投向無人聞問的天空。

一天又一天，一年又一年，主編陸續退休，新人出頭，後浪推前浪，只有這位密切窺伺他人隱私的文學愛好者仍興致勃勃地站在沙灘上，用著殘存的體力，虛弱地尋找新線索，研究文學新版圖，繼續磨箭張弓伺候，用最詭奇的手法參與文壇的活動，打死不肯退休。

——原載於二〇〇八年三月十六日《聯合報．副刊》

某種神諭

01 福岡那場美麗的風雪

二〇〇四年舊曆新年，一群好友相偕飄洋過海到福岡。大雪紛飛，我們接受了一場前所未見的大雪的洗禮，在雪地裡像孩子似地奔跑、嬉戲，讓皚皚的雪花飄上髮際、襲進心裡。福岡的幾日，遂在記憶裡熠熠生輝。

坐上地鐵，尋訪年少時的老友，在川菜館聚談，讓前塵往事引出和舌尖的嗆辣一般的痛快；和女兒在由布院旅邸的露天溫泉中顫抖著互吐難言的心事，享受和月亮裸裎相對的爽利；夜裡，大大小小呵著寒氣，一齊擠進仄狹的、吊著昏黃燈籠的流動燒烤屋裡，吃喝談笑，感受相濡以沫的溫暖；除夕夜，在旅館中，無分老少紛紛對著數位錄影機的鏡頭認真細說幸福的人生，感謝難得的情緣。

四年多過去，當年的孩童業已長成了羞澀的少女；昔日的少年、少女，各奔前程、遠走高飛。數位錄影機裡的福岡掠影，不只留住了那場美麗的風雪，也記錄了家庭甜蜜的團聚，見證了曾經的友誼，更無情地宣告「春夢秋雲，聚散真容易」。

——原載於二〇〇八年十月六日《自由時報・副刊》

02 把歌的意境當成夢想來實現

一直記得〈春野〉這首歌，每次唱，都不自覺高興起來。

「疊疊青山含碧，彎彎溪水流清，雨餘芳草綠如茵，珠光點點明。婉轉流鶯語細，翩翩蝴蝶身輕，村前村後桃李，相對笑盈盈，盈盈。」

它的文字簡單，曲調輕快，記住了，就一輩子忘不掉。直到現在，每當心情特好或特壞時，這首童年時的兒歌就會躍上心頭，唱了它，愉快加倍，痛苦減輕，像特效藥。

這是一首兩部輪唱曲，小時候的音樂課上，全班同學分兩邊，左邊的同學先唱一句後，右邊的同學才接著唱第一句，後唱的同學追著先唱的，先唱的持續領先一句的局面。不知怎的，這種輪唱方式總讓我感受極大刺激，情緒高亢，怕一不小心被對方拉著走，幸而順利唱完，總開心得不得了。

歌詞裡寫的農村景致，是童年家鄉的寫照。我少年離家老大回，在故鄉的土地上，挖了口池塘，種了桃花、杜鵑、柳樹和幾株竹子，時見蝴蝶穿花、蜻蜓點水，下雨時，珠光點點照眼明，我把歌的意境當成夢想來實現。

——原載於二〇〇八年十月九日《自由時報．副刊》

03 如影隨形的幸運「四」

「四」和「死」諧音，傳統觀念認定不吉利，但是，對我們家來說，它卻是個無比幸運的數字。近年來，我們買房子，專挑四樓，四樓至少便宜個一、二十萬；電話號碼不避諱「四」，電信局的職員說：「最後一個數字是『四』，有特別優惠。」汽車牌照號碼不嫌棄「四」，辦手續的櫃臺小姐如釋重負，態度格外親切。

倒不是貪小便宜才不避諱四。結婚幾年後的某一天，不經意間發現，我們的生活中充滿了數字「四」。外子的生日在四日；我和兒子的則是十四日；我們結婚在十四日的十四時（下午二時）；女兒被編入四班；兒子的學號最後一個數字也是四；當時的住家在四樓；電話是「我餓餓爸爸死（五二二八八四）」；牌照號碼中有三個「四」字……，而父母健康、兒女平安、工作順遂，於是，我們咸認「四」是我們的幸運數字。

神奇的是，一遇到「四」這個數字的准考證，我們好像總是能輕騎過關。小孩學力測驗，我考博士班，「四」和我們家真有緣，堪稱如影隨形。先前是它跟著我們；後來是我們追隨著它。

——原載於二〇〇八年十月十三日《自由時報．副刊》

04 一直表演

半蹲著身子裝矮，我心跳氣急，卻大膽地尾隨拿著戲票的陌生大人進場，包公今天要斬陳世美，我絕不能錯過；拿個小板凳坐下，我挨擠在爭看野臺戲的人群中，哎呀！孟麗君即將脫靴了，我屏息以待，晶亮的眼豔羨地隨著舞臺上小生的身影轉呀轉地，轉出了次日作文課上「我的志願」——當歌仔戲演員。老師評語：「不登大雅之堂，重寫！」什麼是「不登大雅之堂」？我不懂。

黃梅調來了！趁著家人不在，頭紮白布條，反穿媽媽的長袖上衣當水袖，我咿咿啊啊地在客廳大鏡前呼天搶地唱〈哭墳〉，唱到肝腸寸斷、涕淚合流。「嘎！」大門被拉開，媽媽出現，見狀，抄起雞毛撢子，從前廳直追打到後院，恨聲罵道：「恁厝敢是死人了！」我邊跑邊哭，可也沒有死心，決定下回改唱〈樓臺會〉。

學生坐臺下，我站臺上。手之舞之足之蹈之，我用盡心思插科打諢，卯足了勁兒和周公拚場，死命想將學生拉回到人間。雖然有幾位病情實在積重難返，當場過去和周公稱兄道弟，可我也從來不肯認輸。

沒辦法啊！我就是喜歡表演。從前是興趣，現在是職業。

——原載二〇〇八年十月二十日《自由時報・副刊》

05 某種神論

我的青春期過得非常慘淡！所有現實的問題都反應在夢境裡。幾個關鍵性的問題輪流在白日的現實裡折磨著我，變本加厲地，接續在黑夜的夢裡和我纏綿悱惻。日日夜夜，沒完沒了。

總是在數學考試時，對著一題都解不出來的分解因式焦慮地搔首踟躕、汗流浹背；總是忘了換下睡衣就到學校參加週會，在操場上出盡洋相；總是飛彈在窗外如雨般落下，而我一夜飛簷走壁，逃避共匪的追趕，累得大汗淋漓。我被噩夢纏繞，夜晚和白日一般，都不得安寧，夢緊緊跟隨著現實來，我得接受雙重的折磨。

近年來，共產黨在我的夢裡失勢；當上老師後，也比較不怕考試；依然常常驚慌地發現穿著睡衣上學。中年之後，屢屢夢見父母雙亡，我悲不自勝，在墳上哀哀哭泣，醒來時，淚濕衾枕，然後在黑暗中撫胸慶幸：只是一場夢啊。如今，可怕的夢境竟一一在現實中成真！父母真的相繼仙逝。夢開始走到我的前頭，像某種神諭。

以前的夢是現在式，現在的夢是未來式。

——原載於二〇〇八年十月二十七日《自由時報．副刊》

06 年齡的祕密

聽說女人的年齡是祕密，到昨晚我才明白其中的道理。

一位過從甚密的女性朋友偷偷告訴我，她從十二歲以後，就沒對年齡這件事老實過，她總是瞞天過海地謊報。年輕時，為了參與成年人的活動，她在學校以外的地方，以超齡的姿態出現；二十歲以後，莫名其妙的，她逐年降低自己的年齡。

她在不同的社交場合，宣稱不同的年齡，在最慢結識的朋友面前所宣布的年齡數和實際差距最大。當不同時期結識的朋友湊巧聚在一起時，惟恐穿幫，她總是在話題接近序齒時，巧妙遁走，以免除對質的尷尬。為了年齡，她成天過得提心吊膽，卻刺激無比。

為什麼要謊報年齡呢？我問她。她回說：

「十二歲那年是關鍵，從那之後，謊報成習，逐漸無法自拔，好像不這樣就會赤裸裸地被偷窺，完全沒有隱私。……更可怕的是，膽子越來越大，少報的歲數越來越多，像吸毒一樣。這些年，搞到連我自己都忘了真實的年齡了。」

今年，她六十一歲。在昨晚的聚會中，我親眼目睹她主動向一位剛認識的男人謊稱只有五十。男人露出無法置信的樣子，阿諛道：

「哇！你真會保養！一點都看不出來，我以為你最多才四十歲哪！」

她掩嘴竊笑，露出既嬌羞又滿足的表情。那一剎那，她看起來神采煥發，真的像是只有四十歲！

——原載於二〇〇八年十一月三日《自由時報．副刊》

07
婚姻的啟蒙

我的婚姻啟蒙來自牛郎織女的鵲橋會故事。

小時候，七夕那日，媽媽總在庭院內灑了香香的花露水，然後叮嚀我拿只乾淨的臉盆，裝上七分滿的清水，放上一條簇新的毛巾。媽媽在盆裡也滴上幾滴花露水，還在臉盆旁敬備梳子一把、鏡子一面和脂粉一盒，說：

「這是給織女星化妝的，和丈夫一年才見一次面，心情極緊張，一定要給伊好好梳妝打扮，要無，查甫郎會不要伊。」

被男人背棄的女人，我們村子裡有好幾個，其中的一個甚至發了瘋，穿著五顏六色的衣服，在馬路上指天畫地來回走著，好不可憐！我深怕織女星重蹈覆轍，把鏡子擦得亮亮的，還偷取了媽媽的口紅放上，希望織女打扮得美美的，千萬別讓丈夫給休掉了。

我對婚姻的認識很悲觀，是從可能被休棄開始；我的婚姻觀很落伍，是從女人盛裝討好男人啟蒙。從小我就納悶，相較於織女星的刻意取悅，同樣是長久不見的夫妻，牛郎何以就不用刮鬍子、灑香水或照鏡子？我問媽媽，媽媽壓根兒不理我。

——原載於二〇〇八年十一月十三日《自由時報．副刊》

08 一群詭異的鬧鐘

因為失眠之故，非常仰賴鬧鐘。

為了次日能精神抖擻地教書，在必須早起授課的前一晚，我總是格外緊張及謹慎。按照醫生的教戰手則，不寫作、不思考讓人操心的事，並在午夜前上床，而往往因為得失心太過，一心求「睡」，反倒不易睡著。常常在床上輾轉反側兩、三小時後仍徒勞無功。這時，多半已接近黎明時分，只好起床吃一顆安眠藥，然後，設定鬧鐘。

因為有過鬧鐘失靈，導致差點誤事的經驗，我總在此刻躡手躡腳起身到各房間搜集鬧鐘，讓它們環伺在側。時間一到，數鐘先後以各種不同的鈴聲或徐吟、或高唱，按下這個，那個繼起，而因為安眠藥正當發威期，神思尚處朦朧之境，無法明確辨識鐘聲之所自來，雖手忙腳亂，仍無法鎮壓得當！

每只鬧鐘的結構不同，聲音各異。其中的一只鬧鐘生性固執，不達目的，絕不罷休，鈴聲淒厲程度還逐次遞增，任憑你敲它、捶它，它就是相應不理，兀自盡忠職守地嚎啕痛哭，非得等到你將它徹底拆解，按下極其私密處的按鈕，它才悻悻然停止；有一只則十分神經質，常會在非設定時間無端狂號怒吼，或在安靜的午後或在萬籟俱寂的深夜，似乎罹患精神分裂；另有兩個則不定期罷工，情緒非常不穩定。其他的幾個看似正常，卻也輪流因電池壽終正寢而怠工。

長期被這樣一群行止詭異的鬧鐘包圍，我的腦袋裡，隨時各色鈴聲爭先恐後迴響，搞得我神經兮兮。

——原載於二〇〇八年十一月十七日《自由時報．副刊》

09 只好繼續坐下去

不知從何時起，我忽然整個人陷落進電腦中。除了出門教書、演講、開會或評審外，我鎮日窩居書房，對著電腦螢幕不停敲打鍵盤，甚或喃喃自語。大片的玻璃窗外，是無盡的天空，有時蔚藍、有時灰白，夏日的黃昏還可以看到斜前方一輪橙黃的太陽逐漸隱匿進天際。

如果沒有人在家提醒，常常一坐，就由日頭赤炎炎的白天直接躍入黑漆漆的夜晚。母親猶在世時，經常納悶電腦裡到底有什麼魔法，將她的女兒搞得忽忽若狂、晨昏顛倒，常常在她已然睡過一大覺後的深夜，一盞黃燈下，見我依然端坐電腦前。

這一個角落，堪稱我安身立命的所在。製作上課及演講用的ppt檔講義、寫稿、寫論文；批閱研究生的論文及學生的作文；加上非同步教學的遠端遙相扣問，親友在他方以視訊一探近況，我將整個人生傾倒進一個二十一吋的液晶螢幕中，像變魔術一般，感覺人生所有的問題彷彿都在裡頭醞釀、反芻、生發，也在裡頭迤邐蜿蜒——直走或繞道，酣暢淋漓的。然後，藉由一個個的文字逐漸輸出我或他人所需要的答案。

只要坐到電腦前，我六親不認，笑罵由人。像孤獨的鑄劍人，一心一意想在電腦裡冶煉出一把可以斬斷人生荊棘的良劍，即使敲打的手已然痲痺，卻還一直沒能如願。所以，只好繼續坐下去。

——原載於二〇一一年五月號三一九期《聯合文學》

他們愛你嗎？

01 傷害

初執教鞭的年輕女老師，滿懷熱誠，矢志實施愛的教育。

模範生選舉，依照慣例，被提名的都是名列前茅的學生。她決定顛覆傳統，徹底落實四育並重的教育理念，讓學業成績雖然欠佳卻乖巧可愛的孩子也有機會參與角逐。最後，她補提名班上最溫厚、熱心的女孩，全班同學愕然，老師乘機進行機會教育，說明德、智並重、無分軒輊的道理。

傳統觀念終究牢不可破！選舉結果出爐，女孩受到重創，悲壯落選，連一票都沒得到。因為一場選舉，原本天真浪漫的女孩被迫提早面對炎涼的世態，居然連平常最要好的同學都沒有投她！她大哭一場，從此不再溫暖微笑。

愛的教育竟教出一個懷恨的孩子。

——原載於二〇〇八年四月十二日《聯合報．副刊》

02 他們愛你嗎？

鳳凰花開的季節，他熱情地奔走在一場又一場的謝師宴中，傾聽著、同時也訴說著纏綿悱惻的依依離情。

一日黃昏，他穿好西裝，正準備上路。稚齡的女兒聽說他要去參加謝師宴，仰頭天真的問他：

「他們為什麼請你吃飯？……他們愛你嗎？」

幾年來，學生給他的極其慳吝的評鑑分數驀地竄出並朝他腦門重重一擊，他震驚地痴立當場！

——原載於二〇〇八年五月十二日《聯合報．副刊》

03 你愛我的啥物？

朋友間，有人新近喪母，聚會時，大夥兒圍坐著，喟嘆、唏噓，激動些的還流下了眼淚，彼此交換著「子欲養而親不待」的悔恨。聚會結束，彼此分手，她紅著眼眶慶幸母親猶然健在。「愛，一定得及時表達」，她情緒激動，決定立即付諸行動。半路上，她取出大哥大，撥打南部老家的電話，劈頭就勇敢地向母親示愛：

「媽！我是阿麗啦！我愛你啦。」

「啥？你是啥人？是阿麗？阿麗是麼？……你講啥？」住在鄉下的媽媽在電話裡慌張地問。

「是啦！我是阿麗啦！我講我愛你啦！媽！」她也拉開嗓門大聲地重複。

「你講汝愛我的啥米？啊！阿麗……你講啊！你愛我的啥物？」

——原載於二〇〇八年三月三十日《聯合報・副刊》

04 囡仔人！

到了機場，才發現除了她們兩個三十多歲的姊妹外，整個旅行團幾乎都是七、八十歲的老人。

東京旅遊的首日早晨，兩人因為睡過頭而遲到，連累整車的老爺爺、老奶奶久候。上車時，兩人紅著臉、低著頭致歉，老人家紛紛微笑著，客氣地說：「無要緊！囡仔人！要睏予飽。」

次日，兩人決心雪恥，起了個大早，提前十五分鐘趕到集合地，心裡不無得意，以為這下子兩人一定是全團最早到的，理該得到褒獎。於是，神氣地昂首上車，沒料到所有的老爺爺、老奶奶全都已安然在座。跟前一天沒有兩樣，一逕微笑著，紛紛客氣地安慰她們：「不要緊！囡仔人！要睏予飽。」

——原載於二〇〇八年十二月十四日《聯合報・副刊》

05 流連忘返

兒子從小便喜在外流連，常常誤了回家的時辰。下課回家時、週末和同學打球時、去朋友家做功課時……總是延挨著，送這個，送那個，等到眾人悉數散去，他抬頭看著昏黃的天色，才快快然回家。她總不解，兒子頻頻為此挨罵，為何卻仍屢勸不聽。

後來，她發現自己也常在朋友聚會時，繾綣流連，不忍就走，總要挨到人去樓空，餐廳服務人員一旁搬桌、挪椅，才訕訕然離去。她這才恍然大悟，兒子原來枉擔罵名，禍首根本就是自己，遺傳真是可怕！

一位學歷史的朋友安慰她：

「明太祖朱元璋就是這樣，從小喜歡在外頭混，總要待到朋友都走光了，不得已才回家。我推測你應該是來不及參選總統了，但是，還有機會當上總統的娘。」

——原載於二〇〇八年五月三十一日《聯合報・副刊》

06 椅子

兒子帶著正熱烈交往的女友回家，女友愛嬌地坐到兒子的腿上。爸爸出來後見著，熱心地從旁邊拉過來一把椅子說：「啊！這兒有椅子！可以坐這裡。」

——原載於二〇一一年十月九日《聯合報・副刊》

07 詐騙

百日過後，她強忍著悲痛，整裡母親的遺物。一櫥櫃的衣服，全數丟進轉角的回收箱。暗夜中，回到空蕩蕩的屋子，忽然一陣悲傷襲來，她忍不住撥了姊姊的電話，嗚嗚咽咽地向姊姊哭訴：

「姊！媽媽的衫攏總……姊……」

說到這兒，不禁痛哭失聲起來。電話那頭卻傳來姊姊事不干己的冷嘲熱諷：

「死死咧好啦！哭予伊死好了！免假啦，汝叫是我是憨人？老套了啦！換一套新的啦！」

她愣了半晌，停止哭泣，吶吶地說：

「是我啦！姊！你哪會給我掛電話！」

姊姊聽出是她的聲音，笑得岔了氣，原來她以為又是詐騙集團耍的花招！

——原載於二〇〇八年三月三十日《聯合報·副刊》

08反詐騙

她接到一通大哥大：

「我是刑事警察局的鍾××，我們……」

不待對方說完，她立刻掛斷電話。詐騙集團的電話真是無孔不入！她在心裡嘀咕著，一天總會接到好幾通呼天搶地、喊爹叫娘的。電話鈴聲又響起：

「我真的是刑事警察局的鍾××，不是詐騙集團，請您不要掛電話。」

她嗤之以鼻！在心裡冷笑！自古以來騙子總說自己不是騙子。我倒要看看又有什麼新招術！

「刑事局為了宣導防詐騙，有一個預防犯罪劇團表演案採購，想請教授參與評選……」

天啊！到底是真的？還是詐騙集團？

——原載二〇〇八年四月七日《聯合報·副刊》

09 媽媽送的眼鏡

眼鏡邊架不知何時掉了一邊，就此扔掉，未免可惜，她到眼鏡行尋求幫忙。行員聽說了，不等她把話說完，不加思索回說：「沒有！製作時都是一對的，我賣你一邊，那另一邊賣給誰？」她不好意思說總有人跟她一樣遺失的吧，只涎著臉乞求：「有沒有顧客沒帶走的舊眼鏡邊架！跟我這款式不一樣也沒關係，只要裝得上，連顏色不一樣都無妨，我在家裡戴。」「沒有！我們都讓客人把舊眼鏡帶回去。」行員雖微笑著卻斬釘截鐵地回答。

「那只好算了！反正度數也已經太淺了。」她幽幽地自言自語。「這是家母送給我的最後的遺物，我只是捨不得丟掉它。每回戴上，就感覺媽媽好像還活著一樣。」行員聽說後，眼神驀地變得溫柔，語氣也隨之柔軟起來：「既然是這樣，那麼，就讓我幫你找找看吧，說不定真的有人把不要的眼鏡留下來。」

二十分鐘後，她戴上那副被換上不同顏色邊架的眼鏡走到隔壁的服飾店，和正生龍活虎地跟店員殺價的母親會合。

——原載於二〇一一年十一月三日《聯合報．副刊》

10 趕快吃掉

電視上又有不合格食品被檢驗出來。先生急了！吩咐太太：「我們那天買的那包餅乾趕快拿出來吃掉，免得也被檢驗出來反式脂肪酸超量，又不能吃了。」

——原載於二〇一一年五月二日《聯合報．副刊》

11 打消逼婚

委婉地用「週末租孫子來排遣寂寞」向兒子逼婚的他，看多了老友孫女可愛乖巧的模樣，想抱孫子的欲望持續發酵，日日輾轉反側，幾乎難以扼抑。

一日，另一老友帶著孫子來訪。一進門，他的眼睛又是一亮，小男孩約莫四歲左右，梳著小西裝頭，賊溜溜的眼珠子咕嚕咕嚕地轉，生就一副討人喜歡的模樣。他喜孜孜地取出甜點，百般籠絡，沒料到小子不領情。他渾身是勁兒，半刻不得閒，滿場飛舞，一會兒翻跟斗；一會兒在沙發上跳上跳下；一會兒示意大家別說話，開始使出渾身解數，又唱又跳，表演流行曲 Sorry sorry、Nobady，完全不顧原著節拍，滿地打滾。

大人忙著說話，男孩忙著招惹大人眼光，場面變得兵荒馬亂。老友的夫人，剛進門時，是淑雅女士，才不到十分鐘，已然被孫子不停丟過來的椅墊砸成披頭散髮；朋友也同樣災情慘重，喝止的聲音，始則溫柔，繼則語帶威嚇，終於「高亢分岔」！兩人渾身冒汗，落荒而逃。

——原載於二〇一一年六月二十二日《聯合報・副刊》

輯五——天，很藍

巴黎的那場婚禮

清晨即起，我們銳意和太陽一別苗頭，像夸父一樣，只是夸父用腳，我們更精明、更前衛，我們驅駛飛機。一路陽光在窗外熠熠發光，十九個小時後，飛機降落法國巴黎機場，已然是夜裡八點，但太陽不肯示弱，天色猶然透亮一如白日。

啊！我們終於來到美麗的花都——巴黎，帶著在臺灣過度勞累的軀體和對浪漫花都的嚮往。這可不只是一趟尋常的觀光旅遊行程，除了參觀歐洲旅遊景點、Shopping、逃離繁瑣的工作外，我們還有一項神祕且令人雀躍的任務——擔任一宗跨國婚姻的親友代表，在異地見證臺灣女兒「和番」的經過。

婚禮在抵達巴黎的次日下午三時左右舉行，公證所在的 Lamorlaye 小鎮，距離巴黎下榻的旅邸尚有一個多小時的車程。既然是長途飛行過來，當然是分秒必爭，不能虛耗午前的幾個鐘頭。於是，神奇地，沒有人抱怨時差，次日早上，個個神清氣爽地奔向巴黎最迷人的香榭大道。重視異國文化的，拿著筆記本記錄著導遊對古蹟歷史的介紹；為巴黎繁華炫麗的物質文明所魅惑的，不旋踵間，已掛著滿意的微笑、揹著精美昂貴的皮包從LV旗艦店走出；專門為尋訪好角度、好鏡頭而來的藝術家，則睜著灼灼的雙眼四處獵豔；而我既興不起求知欲、對名牌更缺乏認識，眼前美景的吸引實不如一杯濃郁的咖啡，於是，便在LV旁名為「花神」的咖啡店坐了下來，喝一杯要價九歐元的卡布奇諾，邂逅花都的第一個早晨由紅傘遮蓋下的一杯咖啡起始，毋寧是更為浪漫的選擇，雖然，折合臺幣四百三十四元一杯的咖啡，滋味其實並未等值。當然，如果將香榭大道上的諸多風情一併算上，也還值回票價。

巴黎婚禮和香榭大道的關聯，可能是赴會時所提的LV名牌包，可能是儲備精神能量的那杯提神的咖啡，也或者是中法文化的認識與鎔冶，甚或是美感經驗和婚姻的互涉關係……總之，見證婚禮前的暖身，充滿了精神和物質的雙重滿足。

收拾稍嫌匆驟的香榭大道巡禮後，在凱旋門前集合，大夥兒各有斬獲地凱旋回到旅館，稍事休息後，直奔 Lamorlaye 小鎮。

真是小鎮呵！遊覽車在迤邐的鄉村小路上蜿蜒，屢屢驚險地和小轎車錯身而過，帶著奇異的技巧，似生澀又熟練，既勉強、又流暢。然後，錯過了幾個街口，重複經過了幾間特殊的房舍，終於找到了正確的處所。午後的小鎮，店面安靜地掩上大門，讓人誤以為整個小鎮猶然沉睡不醒。我不自在地拉拉身上的旗袍，整整誇張的披風，擔心這般的招搖，沒有撂倒佔主場優勢的地主國，反倒喧賓奪主地搶了臺灣岳父、岳母的手采。出門時，行李不少，可是，為了和法國人一較短長，幾經思量，我在封箱的前一刻，還是勉強在鼓脹的行李中塞進了一件旗袍和一套外子的西裝。輸人不輸陣，好不容易飄洋過海，可不能有損國威，在東、西交會之際，學問不夠、法文不行，至少得讓臺灣的旗袍亮亮相，讓法國親家見識、見識所謂的東方美。然而，在市政廳大樹下和法國親家用著現學的含糊法語彼此問候、貼臉時，不時滑落肩頭的白色披風不自禁地透露出對盛裝應對的生疏。然而，在關鍵時刻，慶幸這件雪白的披風發揮了可敬的禦寒功效，這是後話，暫且不表。

婚禮依照某種既定的節奏緩緩進行著，窗外微風吹拂，斑駁的光影不時偷偷潛入室內窺伺新人的誓言。女主角的父親林明德副校長雖然刻意歡顏笑語，卻更顯曲意釋懷的惆悵；女孩的母親賴芳伶教授，不知是時差尚未調整好？抑或沉浸在女兒即將遠走高飛的失落感裡，顯得沉默凝肅，法國的親家則因憑空多了個女兒，笑得好不開懷。整個儀式裡，不時爆出法式歡樂的笑聲，雖然完全聽不懂陌生的語言，卻忍不住跟著笑了起來。禮成後，快樂的新郎和新娘，帶領親友走出戶外，兩人親密地不時相視微笑，展現十足的默契。新娘活潑地奔來跑去，招呼這個、應酬那個，新女性強烈的自主意識於焉顯露無遺；而那位心情複雜的母親眉間一抹落寞凝定，站到遠遠的大樹下，看著用流利法語優雅地展示社交禮節的女兒，低聲嘟囔著：「這完全不像我生的女兒哪。」

接下來的重頭戲是座落在 Pontarme 古堡內的狂歡 Party。尚未啟程到法國之前，許多人聽說了我們即將在法國參與結婚盛筵，都不約而同警告我們，歐洲人生活閒散，晚餐通常吃得極晚、極慢，都建議我們最好有備份方案，以免餓過頭而頭昏眼花。那意思，依照我的解讀就是最好口袋裡能揣進一包餅乾之類的，然而，全身上下，並無一處能讓餅乾容身，沒有外套，沒有口袋，晚宴包僅容一支口紅、一盒粉餅，再無餘地容納。在曲曲折折的鄉間小路上蜿蜒前行時，我開始有些擔心。然而，這樣的憂慮後來也被證實只是虛驚。

古堡閒閒地座落在九彎十八拐外的疏闊樹林間，前有綠油油的大片草地，不時有戰戰兢兢騎著馬匹的男女經過，從他們生疏的騎馬姿態，猜測遠處或者是個騎馬訓練場。古堡裡別有洞天，像我國的三合院，ㄇ字型建築的另一邊環繞著悠悠的流水。看似大石塊砌成的牆壁，被粉紅駭綠盤據著，河的更遠處，有柳、有杉，還有一排紅豔的小樹，不會是楓吧？秋天還遠著哪。

矮矮的圍籬顯然關不住喜悅的聲音，也管不住歡樂的心情，親友們移師到古堡，笑聲泠泠，直達天聽。黃昏六、七點，太陽還賴著不肯下山，雞尾酒會開場，點心陸續上來，新娘拖著長尾巴，在砂石地上遊走，新郎的眼睛一路追索，晶亮亮的瞳仁上，返照著新娘修長的身影；入境隨俗，臺灣的賓客也學起西方的禮俗，一見面，無論同胞或洋人，不管生疏或熟稔，都先來個熱情的擁吻；天真的孩童，繞著屋宇尖叫追打，砂石在童子潔白的小禮服上留下笑鬧的印記。而惟恐餓著的我，一邊偷眼看新人、看周遭，一邊大口嚐著美味的點心，不知不覺吃過了頭，一不小心看到合身的旗袍上凸起的腹部，才警覺大事不妙！

可不是大事不妙！九點多，晚宴正式上場，豐盛的羊腿等美食，魚貫上桌，我打著飽嗝，光看著，一口也吃不下！接近夜裡十點，我從晚宴的盈盈笑聲中抽身出來閒逛，走著、走著，竟還看到天光微微，好不駭人！十二點了，歡樂進入後現代，美酒發揮了威力，有人開始步履踉蹌，勾著肩憨笑著；銀幕上，新人的前期歷史展演著，親友興致盎然觀賞銀幕上的歷史照片並朗聲參與選擇題的作答，而我們一干從臺灣來的親友團因時差和竟日的亢奮，已有若干位不支倒地，無視於震天價響的搶答聲，歪著脖子、勾著頭睡著了！八月的法國，入夜溫度降到十度以下，原本被嫌累贅且誇張的披風，忽然成了保命的護身工具。

歡樂似乎還熱烈延續著，新娘朗聲宣布歡迎一起熱鬧到天亮。據說，親友的熱鬧持續得越久，新人的婚姻幸福指數將越高。我們不信這一套！我們相信祝福的誠意濃度才是指標，有什麼比坐了接近二十個小時的飛機、橫跨了幾個大洋捎來的祝福還具備更高濃度的威力！然而，也真的是兵疲民困了！我們在夜色和歡笑聲的雙重掩護下，悄悄離開古堡。夜色轉濃，太陽跟我們一樣，撐不住下垂的眼皮，不知跌落到何方去了。

婚禮的後續，究竟如何？雖然沒有實際參與，卻更添想像。那夜，微醺地醉臥旅館，整夜都夢到自己穿著及地長裙，像奧黛麗・赫本一樣，在庭園間翩然起舞，一圈又一圈地轉，周旋在眾位高鼻子、深眼窩的洋人間，巧笑倩兮，恍然又回到青春年少的痴狂歲月，這算不算現實蹇澀生活的補恨？

兩個月後，辛樂克颱風訪臺。那日，大夥兒力敵交加的風雨，由法國飛來的貴客、昔日訪法親友團和女方臺灣親友無視辛樂克的威力，齊齊坐上了臺北欣葉餐廳的筵席上，訪法親友團戲稱我們從臺灣吃到法國，又從法國吃回臺北。海洋隔絕不了、風雨抵擋不住，巴黎和臺灣因著一場婚禮而縮短了距離。氣氛堪稱熱烈到最高點，一向矜持的丈母娘芳伶，回到臺灣的主場上，顯得開放許多，笑容明顯增加，淚眼也經常迷離，禁不住女兒再三公開的保證——會常常回來，會永遠感謝雙親，會設法將生命的能量發揮到最極致。芳伶站在臺上、女兒的身旁，像是她才是女兒一樣，禁不住哭倒在新娘的肩頭。遠來的親家公和親家母被這一幕招惹得有些心虛，彷彿「侵門踏戶」強搶人家的女兒，只能舉杯再三，頻頻向臺灣親友宣示必然善待的心意。事後，我半開玩笑地跟芳伶說：

「我得回家拜託女兒一輩子留在家裡當老姑婆，免得跟你一樣，眼淚不小心流成了河。」

她正色回說：

「是捨不得沒錯啦！但是看到女兒找到真正喜歡的男子時，像換了個人似的精神陡然煥發起來，也就只能祝福她了。」

禮成送客，欣葉門外，颱風逐漸向臺灣奔來，新娘、新郎相依偎著站在風雨侵襲不到的門邊，接受親友臨別的祝福，然後，將攜手共赴巴黎。我忽然一陣捨不得，為芳伶，也為自己，更為天下的母親。芳伶握著我的手，語重心長地反過來取笑我：

「家有未嫁女兒的人，回去等著傷心吧！」

——原載於二〇〇八年十月三十日《自由時報・副刊》

天，很藍

01 執子之手

「執子之手，與子偕老。」一對璧人在眾人面前鄭重宣示託付終身的誓約，滿堂的賀客都激動得紅了眼眶。窗外微風吹拂，斑駁的光影不時偷偷潛入室內窺伺新人的誓言。

02 婚宴的古堡

藍天映著綠草，石塊砌成的古堡，端然矗立其間。走過橋，推開門，古堡內盈耳的笑聲立即拉開甜蜜婚姻的序幕。我們千里奔赴法國，為了見證一樁臺灣女兒和法國男子美好的聯姻。

03 法國的驕傲

在香榭大道上，法國國旗高高懸掛，ＬＶ是法國的驕傲。穿上華服，拎起名牌包，從ＬＶ昂然走出，再到緊鄰的花神咖啡館紅帳棚下喝杯濃烈的咖啡，感覺忽焉走入上流社會。

04 安靜的法國小鎮

市政廳藏身在靜悄悄的小鎮中央，藍天襯托出無語的白雲；笑聲應和著戶外的鳥鳴。緊鄰的人家卻都安穩靜美，緊掩的門扉，透露出慵懶的閒情逸趣，這種種彷佛都預示了婚姻幸福美滿的可能。新人在眾人面前宣示白首偕老的願望，滿庭的賀客捎來盈耳的祝福。

05 蒙馬特畫家村的魅力

綠蔭下，萬頭鑽動，藝術村的魅力不同凡響。蒙馬特的畫家，不只畫風景，也畫人情。我們穿梭在蟻聚的人群間，觀看風景，也被別人觀看。走累了！下午茶時分，一杯咖啡誠屬必要。我們在廊簷下歇腿坐下，品味著不加糖的黑咖啡，也讓皺眉喊苦的臉孔成為畫家們作畫的素材。

06 讓我為你描容寫真

請坐！讓我為你描容寫真。老畫家的筆，在畫紙上沙沙移動，勾勒輪廓，再描線條，肌理浮出，神情宛現。畫家畫遊客，而我們站在人叢間，反過來捕捉他們的容顏。

07 粉紅駭綠探出頭

彎彎曲曲的小徑深處，紅瓦白牆矗立。旅客踩著葡萄牙奧比多斯中古世紀留下的足跡前進，想一探古人的生活起居。儘管巷道裡的家家戶戶都有粉紅駭綠探出頭來和遊客打招呼，卻都顯露迥異的美麗。

08 迤邐的優雅風姿

順著山勢蜿蜒的城牆，展露迤邐的優雅風姿；由鮮花和橙樹點綴出的小巷風光，透露曾經的美麗。奧比多斯中古世紀古城依舊完好地靜靜矗立，只是走動的人兒換了另外一批。

09 紅頂帳篷羈絆匆驟的步履

葡萄牙仙達皇宮內，留下皇家炫人耳目的排場。繁複的磁磚圖樣、金碧輝煌的地球儀、珍藏金銀珠寶的櫥櫃、華麗氣派的桌椅……多年後，尋常百姓在皇宮旁找尋生機，搭起紅頂帳篷，讓咖啡的濃香羈絆觀光客匆驟的步履。回不去的家鄉，是多少羈旅在外者的胸中塊壘。

10 處處拱門橫越的小街道

被橄欖樹林和葡萄園包圍的葡萄牙羅馬時期古城艾芙拉，保有中古世紀與文藝復興時代的建築風格，市區建築深受摩爾文化影響，小街道常有拱門橫越。

11 觥籌交錯的午餐時刻

「容我們為你們唱一支歌，彈一首曲子」據說是當地大學音樂社團的成員，在觥籌交錯的午餐時刻，以傳統西班牙的樂器傳送出熱情的音符。不知是美好的音樂？抑或香醇的紅酒煞時染紅了西班牙格拉那達觀光客的雙頰。

12 滿街的唐・吉軻德

塞萬提斯小說中的人物唐・吉軻德塑像，竟然堂而皇之地走在西班牙的各處街道！不肯乖乖待在拉曼查唐・吉軻德小酒館裡。他不定點質問你：敢於衝擊社會不合理體制嗎？他不定時提醒你：敢於堅持自己的觀點到底嗎？

13 導遊和司機悄聲商量

護城河彎彎圍繞，矮矮的城牆一路迤邐，古老的石板路叩扣作響，……除此之外，我們還要帶他們去哪裡見識迷人的中古風情？導遊和司機悄聲商量著。

14 讓人目眩神怡的美麗

出了百花巷，高聳的哥多華清真寺迎面而來。拱柱廳裡，數百根紅白相間的圓拱，在暈黃的照明下，呈現明暗交疊的視覺美感，讓人目眩神怡。

15 馬德里的市徽

熊抱樹的市徽，有個溫暖的傳說：一位玩耍的小孩忽見大熊迎面而來，機警地爬到樹上躲藏，卻見媽媽尋來，他著急地朝著樹下高喊：「媽媽快跑！」「媽媽快跑！」（Madrid）於是成了城市的名字。

16

求取一線活下去的希望

佝僂著背，向衣衫光鮮的路人求乞一點憐憫。衣衫襤褸的馬德里街上老乞婆，拄著拐杖，一身漆黑地站在垃圾桶前，伸出手，期盼取回的是一線活下去的希望。

17 眼看他起高樓

風吹雨打，世代更迭，巴洛克式教堂依舊肅穆莊嚴地佇立，冷冷地諦視西班牙皇室在對面華麗的皇宮內享樂歡宴，並歷經傾軋、翻覆，改朝換代的興衰。

18 來！飲一杯忘鄉水

熱鬧的巴塞隆納蘭布拉斯大道起點，竟是大樹下的「忘鄉之水」。喝了吧！

誰知明日將如何！苦思遙遠的家鄉，莫若投入眼前的歡愉。

19 過往的客倌哪！

十里洋場的都會處處是謀生的機會，兩人相對席地而坐，兩把琴和著拉出或哀怨、或歡樂的節奏。過往的客倌哪！如果聽得出神，就請在琴盒裡丟下您的滿意吧！

20 巴塞隆納機場的過客

你是過客我也是。女人支頤沉思：回家以後該從哪一間打掃起？LV的皮包該何時提？男人打開筆記型電腦，敲下鍵盤，做最後的一筆生意。

21 修女們低頭竊竊私語

那廂修女們低頭竊竊私語；這廂我們排隊等候登機。離家上萬里，我們急著回家去。就不知眼前這些遠離紅塵的修女們討論著的是人間還是天堂的消息？

廖玉蕙作品集 17

像蝴蝶一樣款款飛走以後

作者　廖玉蕙
責任編輯　蔡佩錦
創辦人　蔡文甫
發行人　蔡澤玉
出版發行　九歌出版社有限公司
臺北市105八德路3段12巷57弄40號
電話／02-25776564・傳真／02-25789205
郵政劃撥／0112295-1
九歌文學網　www.chiuko.com.tw
印刷　晨捷印製股份有限公司
法律顧問　龍躍天律師・蕭雄淋律師・董安丹律師
初版　2017年4月
定價　360元

書號　0110717
ISBN　978-986-450-120-5
（缺頁、破損或裝訂錯誤，請寄回本公司更換）

國家圖書館出版品預行編目資料

像蝴蝶一樣款款飛走以後/
廖玉蕙著. -- 初版. -- 臺北市：九歌, 2017.04

304面 ；14.8×21公分. --（廖玉蕙作品集；17）

ISBN 978-986-450-120-5（平裝）

855　　106002947